夏井いつきの「花」の歳時記

夏井いつき

世界文化社

はじめに

四大季語を深く掘り下げ、写真と解説と例句で季語の特徴をわかりやすく広く紹介するシリーズ、『「雪」の歳時記』に続く第二弾『「花」の歳時記』をお届けできることは、私の大きな喜びです。

俳句で「花」とは「桜」のこと。季語「花」の歴史をひもとくと面白い事実がわかります。万葉集の時代に「花」といえば「梅」を指しました。中国大陸の影響を受けた日本でも「梅」が愛《め》でられ、詩歌に詠まれてきました。その伝統がなぜ梅から桜へ交代していったのか？　そこに日本人の感性や国民性が浮かび上がるのではないか？　私にはそんな気がしてなりません。源氏物語の時代に、京都御所の紫宸殿《ししんでん》の左近《さこん》の「梅」と右近《うこん》の「橘」の、梅が桜に植え替えられたとか。歴史ファンの私はタイムマシーンに乗って、どんな事情があったのか、その瞬間を見届けたい気がします。

そこから現代に至るまで、日本で「花見」といえば桜を愛でる遊びとなりました。皇室の紋章「菊」とともに桜は日本の国花として愛され、守り育てられてきました。「桜は、守ってあげないと残らない花」とは、日本花の会の小山《こやま》徹《とおる》上級研究員の言葉です。今回も、俳人でもある妹ローゼン千津を小山さんのもとへ派遣し、代表的な桜百種類をご紹介いただきました。色も形も個性あふれる愛らしい図鑑を見ながら、あなたが出会った桜の番号を一つずつチェックしていってください。何らかの事情でお花見に行けない皆さんも、図鑑の花を一つずつ詠めば「花百句」ができます。盛りだくさんの写真とエピソードを楽しみつつ、あなたの新しい「花」の一句を詠んでみてください。

本書を編むにあたり、どの句にどんな写真を取り合わせるかという思案は実に楽しい作業でした。たとえば40~41ページ、「赤ん坊の口濡れどほし初ざくら」に桜の大写しの写真を取り合わせたとき、心がきゅんと喜びました。ぜひこの形で掲載したいと、作者である俳人の内山和江さんの連絡先を探しましたが、どうしてもご本人の所在がわかりません。一時は掲載を断念したのですが、このような事態が繰り返されるうちに、この佳句が忘れ去られてしまうとすれば、それは俳句の世界の損失になるのではないかと思い直しました。読者諸氏のなかに、内山和江さんについての情報をお持ちの方がいらっしゃれば、ぜひご連絡ください。いつかお会いできる日がくれば、心からお礼を述べたいと思います。百年後の未来へ「花」の佳句を語り伝えるのも、私たちの使命ではないかと考えてのお願いです。

「雪」に続き「花」も、一般の方から投句された一五〇七句の俳句から、有名句とともにご紹介したい四八句を選びました。写真と俳句のコラボレーションはもちろん、有名句との並びの妙も含めてお楽しみいただければ幸いです。

二〇一八年三月

夏井いつき

花（桜）の季語解説

日本人に愛されてきた国花「桜」。俳句では花といえば桜の花を指しますが、「桜」と詠む場合は植物であることに重きがおかれ、「花」と詠む場合は心に映る華やかな姿の印象が強くなります。桜と花、それぞれの傍題の解説です。

桜（植物・晩春）

春を代表する花。

桜の傍題

染井吉野（そめいよしの）（植物・晩春）……桜の一品種。最も多く目にする。

深山桜（みやまざくら）（植物・晩春）……桜の一品種。深山に咲く。

大島桜（おおしまざくら）（植物・晩春）……桜の一品種。伊豆諸島に多いことから。

大山桜（おおやまざくら）（植物・晩春）……桜の一品種。山桜に比べ花や葉が大きい。

牡丹桜（ぼたんざくら）（植物・晩春）……桜の一品種。八重桜に同じ。

里桜（さとざくら）（植物・晩春）……野生種から作った園芸種の総称。

南殿（なでん）（植物・晩春）……桜の一品種。里桜と丁字桜の雑種。

茶碗桜（ちゃわんざくら）（植物・晩春）……南殿の別名。

丁字桜（ちょうじざくら）（植物・晩春）……桜の一品種。花形が丁字に見えることから。

目白桜（めじろざくら）（植物・晩春）……丁字桜の別名。

豆桜《まめざくら》（植物・晩春）……桜の一品種。山地に自生。花が小ぶり。

富士桜《ふじざくら》（植物・晩春）……豆桜の別名。

上溝桜《うわみずざくら》（植物・晩春）……桜の一品種。薬用植物になる。

金剛桜《こんごうざくら》（植物・晩春）……上溝桜の別名。

ははか（植物・晩春）……上溝桜の別名。

犬桜《いぬざくら》（植物・晩春）……桜の一品種。白い小花を密につける。

しおり桜《さくら》（植物・晩春）…しうり桜とも。名はアイヌ語に由来する。

左近《さこん》の桜《さくら》（植物・晩春）…平安京内裏紫宸殿《だいりししんでん》の脇に存在した桜。

雲珠桜《うずざくら》（植物・晩春）……里桜の一品種。花の形が雲珠（馬具の一種）に似る。

楊貴妃桜《ようきひざくら》（植物・晩春）…里桜の一品種。大ぶりな八重咲き。

秋色桜《しゅうしきざくら》（植物・晩春）……東京の上野公園清水観音堂のそばにあるしだれ桜。

朝桜《あさざくら》（植物・晩春）……朝の桜。夜露もつく。

夕桜《ゆうざくら》（植物・晩春）……夕方の桜。黄昏《たそがれ》に色づく。

夜桜《よざくら》（植物・晩春）……夜の桜花のこと。「夜に桜花を見物すること」の意味で人事の季語としても使う。

桜月夜《さくらづきよ》（植物・晩春）…桜の咲いている月夜。

嶺桜《みねざくら》（植物・晩春）……桜の一品種。深山に咲く。

庭桜《にわざくら》（植物・晩春）……庭に植えられた桜。

家桜《いえざくら》（植物・晩春）……庭桜に同じ。

若桜《わかざくら》（植物・晩春）……若木の桜。

老桜《おいざくら》（植物・晩春）……歳経た桜。

姥桜《うばざくら》（植物・晩春）……葉が出るより先に花が開く桜の通称。

桜《さくら》の園《その》（植物・晩春）……桜の見事な園庭。

千本桜《せんぼんざくら》（植物・晩春）……桜の多い名所、またその花盛り。吉野山の花盛りが語源。

門桜《かどざくら》（植物・晩春）……家の門に咲く桜。

一重桜《ひとえざくら》（植物・晩春）……花が単弁の桜。

御所桜《ごしょざくら》（植物・晩春）……桜の一品種。八重の大形の花が五輪ずつ群がり咲く。

江戸桜《えどざくら》（植物・晩春）……里桜の一品種。また、染井吉野の別名。

緋桜《ひざくら》（植物・晩春）……桜の一品種。緋色が強く、暖地に栽植される。

桜山《さくらやま》（植物・晩春）……桜の咲く山。また、その姿。

その他の桜

十六日桜《じゅうろくにちざくら》（植物・晩冬）……旧正月16日ごろに開花する。山桜の早咲きの品種。

彼岸桜《ひがんざくら》（植物・仲春）……春の彼岸の頃に咲く桜の種。

枝垂桜《しだれざくら》（植物・仲春）……桜の一品種。垂れた枝の姿に特徴がある。開花時期は品種によって異なる。糸桜とも。

山桜《やまざくら》（植物・晩春）……四月の上旬・中旬に咲き、新芽と共に開花する。吉野桜とも。

八重桜《やえざくら》（植物・晩春）……八重咲きの里桜。最も花期が遅い。

花（植物・晩春）

俳句で花といえば桜のこと。

花の傍題

春《はる》の花《はな》（植物・晩春）……桜の異称。春の寿《ことほ》ぎも含む。

春花《はるばな》（植物・晩春）……春の花に同じ。

花《はな》の雲《くも》（植物・晩春）……桜が満開になる様を雲に見立てていう。

花房《はなぶさ》（植物・晩春）……桜が房状に群がり咲いている様。

花片《はなびら》（植物・晩春）………桜の花びらのこと。

花《はな》の姿《すがた》（植物・晩春）……花の形や有様《ありさま》。

花《はな》の香《か》（植物・晩春）……桜の香り。あまり強くない場合が多い。

花《はな》の輪《わ》（植物・晩春）……桜が輪のように群がり咲くこと。

花笠《はながさ》（植物・晩春）………桜の一品種。花笠に似ていることから。

花《はな》の庭《にわ》（植物・晩春）……桜の咲いている庭。

花《はな》の門《もん》（植物・晩春）……桜に彩られた門。

花《はな》の都《みやこ》（植物・晩春）……花の盛りを迎えている都。人事の季語とする歳時記もある。

花明《はなあか》り（植物・晩春）……夜、満開の桜が仄《ほの》明るく感じられる様。

花盛《はなざか》り（植物・晩春）……桜の花の最も咲き誇る頃。

花便《はなだよ》り（植物・晩春）……桜が咲いたという便り。

花《はな》の露《つゆ》（植物・晩春）……桜の花に宿る露。

花朧《はなおぼろ》（植物・晩春）………桜咲く頃の朧。また、夜の朧に霞《かす》んで見える桜。

花《はな》の陰《かげ》（植物・晩春）……花の咲いている木の下陰。

花影《かえい》（植物・晩春）………桜の影。風によくざわめく。

花《はな》の奥《おく》（植物・晩春）……咲き並ぶ桜の木々の奥。

花《はな》の名残《なごり》（植物・晩春）…花が散った後の面影。またその姿を惜しむこと。

花《はな》を惜《お》しむ（植物・晩春）…散りゆく桜とその季節を惜しむ気持ち。

花《はな》の錦《にしき》（植物・晩春）……錦のように見事な桜。元は花の美しさを錦に見立てた言葉。

花《はな》の色《いろ》（植物・晩春）……桜の色合いのこと。

花《はな》の粧《よそおい》（植物・晩春）……花のように美しい装い。

花月夜《はなづきよ》（植物・晩春）……桜の咲いている月夜。

花《はな》の山《やま》（植物・晩春）……一面に花の咲いている山。

徒花《あだばな》（植物・晩春）………季節外れに咲く花。また、儚《はかな》く散ること。

桜に関連する季語がひと目でわかる！

「花」の季語早見表

年間を通して「花」に関連する季語が存在します。その分類がひと目でわかるよう、花（桜）にまつわる主要な季語を早見表にしました。

【三】季節全体を示す（例・三春）
【初】季節の始まりを示す（例・初春）
【仲】季節の半ばを示す（例・仲春）
【晩】季節の終盤を示す（例・晩春）

季節／分類	新年（十五日間）	冬（晩）	三	仲	
植物		十六日桜	桜の芽	初花 初桜 彼岸桜 枝垂桜	山桜
時候	花の春			初花月	花冷え
天文			花曇 桜東風 桜隠し		桜まじ
人事					桜人 夜桜
動物			花鳥 花見鳥		花見虱

春	夏			秋	冬	
晩	初	仲	晩	仲	三	初
花 桜 花の雲 花月夜 落花 花筏 八重桜 遅桜 桜蘂降る 残花	余花 葉桜	桜の実	氷室の桜	桜紅葉	桜枯る 冬芽 冬木の桜 冬桜	帰り花
花時 花咲月 花見月 桜月	花残月					
花の雨						
桜狩 花守 花盗人 花の宿 花衣 花見 花筵 花疲 桜漬 桜餅 花篝 花車 花の鈴 花軍 吉原の夜桜 桜花祭 花換祭 鎮花祭 鞍馬の花供養 吉野花会式						
桜鯛 桜鯎 花烏賊						

注：季語の分類の一つに「地理」がありますが、花に関するものがないため、省略しています。

夏井いつきの「花」の歳時記

目次

Part
1

花の名句を味わう

美しい花姿もさることながら、
人生の節目に去来する心情を代弁するかのような
〝表情の豊かさ〟もまた、桜の魅力のひとつです。
春の陽光のなかで咲き誇る満開の桜をはじめ
さまざまな表情の花の写真とともに
名句を味わってみましょう。

身の奥の鈴鳴りいづるさくらかな

黒田杏子

まさをなる空よりしだれざくらかな

富安風生

山又山山桜又山桜

阿波野青畝

咲き満ちてこぼるゝ花もなかりけり

高浜虚子

さきみちてさくらあをざめゐたるかな

野澤節子

夜桜やうらわかき月本郷に

石田波郷

さま〴〵の事おもひ出す桜かな

松尾芭蕉

空をゆく一とかたまりの花吹雪

高野素十

風に落つ楊貴妃桜房のまま

杉田久女

人体冷えて東北白い花盛り

金子兜太

column1 桜図鑑

春の訪れを告げる桜

3月上旬頃（1〜4番）や、3月中下旬頃（5〜16番）に開花する早咲きの桜と、染井吉野と同時期の4月上旬頃（17〜24番）に咲く桜、全24品種をご紹介。

注：開花期は東京を基準としているが、植栽地の環境条件により若干変動することがある

001 **河津桜《かわづざくら》**
一重咲／大輪／紫紅色

002 **寒桜《かんざくら》**
一重咲／中輪／淡紅色

003 **椿寒桜《つばきかんざくら》**
一重咲／中輪／淡紅色

004 **蜂須賀桜《はちすかざくら》**
一重咲／中輪／淡紅色

005 **大寒桜《おおかんざくら》**
一重咲／中輪／淡紅色

006 **オカメ**
一重咲／小輪／紫紅色

007 **熊谷桜《くまがいざくら》**
八重咲／小輪／淡紅色

008 **クルサル**
一重咲／小輪／紫紅色

009 **越《こし》の彼岸《ひがん》**
一重咲／中輪／淡紅色

010 **小《こ》彼岸《ひがん》**
一重咲／小輪／淡紅色

011 **修善寺寒桜《しゅぜんじかんざくら》**
一重咲／中輪／紫紅色

012 **大漁桜《たいりょうざくら》**
一重咲／大輪／淡紅色

013 **平七桜《へいしちざくら》**
一重咲／中輪／紫紅色

014 **高遠《たかとお》小《こ》彼岸《ひがん》**
一重咲／中輪／淡紅色

015 **雛菊桜《ひなぎくざくら》**
菊咲(段咲あり)／小輪／淡紅色

016 **紅枝垂《べにしだれ》**
一重咲／小輪／濃紅色

017 **アメリカ**
一重咲／中輪／淡紅色

018 **麻績《おみ》の里舞台桜《さとぶたいざくら》**
一重八重咲／小輪／淡紅色

019 **小《こ》松乙女《まつおとめ》**
一重咲／中輪／淡紅色

020 **白雪《しらゆき》**
一重咲／大輪／白色

021 **神代曙《じんだいあけぼの》**
一重咲／中輪／淡紅色

022 **染井吉野《そめいよしの》**
一重咲／中輪／淡紅色

023 **薬王寺《やくおうじ》八重《やえ》**
八重咲／中輪／白色

024 **陽春《ようしゅん》**
一重咲／中輪／淡紅色

Part
2

花のさまざまな表情

ときに純朴可憐に、ときにあでやかに、
ときに力強く、ときに哀しげに……。
桜が湛える表情はなんと多彩で、奥深いものでしょう。
一重咲と八重咲、白色と紅色の違いのみならず
咲く場所や、取り巻く風景もまた
桜の表情にさまざまな色を添えています。

ゆさゆさと大枝ゆるる桜かな　村上鬼城

N極へそぞろに花の波打てり　芹澤順子

生徒待つ花の蕾のひしめきて
谷口詠美

花の門抜けて上着を無くしけり
立志

花房の贄となりたる猫の耳
内藤羊皐

本丸に立てば二の丸花の中

上村占魚

櫻のはなし採寸のあひだぢう
田中裕明

ナマステナマステ開校二年目の桜
小泉岩魚

桜さくら誰がいちばん高くとぶ
歌鈴

さくら咲く少し荷物が重すぎる　龍門京子

花を見に行かうな母の口へ粥　凡鑽

娘から話があると初桜　前川雪花

延命をことわる朝や初ざくら　若井柳児

さくらの夜不意に蛇口が水こぼす　宮坂静生

さくらさくらまた酒に逃げるのか　片野瑞木

そんな顔するんだ桜見る時は　こま

手の平を弾む花房ほの青し

てん点

書庫の窓つぎ〳〵にあくさくらかな

竹下しづの女

少年院花描く人の筆静か

沢田朱里

手をつけて海のつめたき桜かな
岸本尚毅

沖にでてみえぬ桜を思ひをり
亀田荒太

鳩の目に金のまじれる桜かな
夏井いつき

外来の鸚哥に旨き花の蘂
井上三重丸

獅子達のあくび銀座の花の昼
小池亀城

花守のあづかり船や岸の月
炭太祇

人間は夜に匂ふや花枝垂る
倉木はじめ

花篝あの子の右目笑わない
七瀬ゆきこ

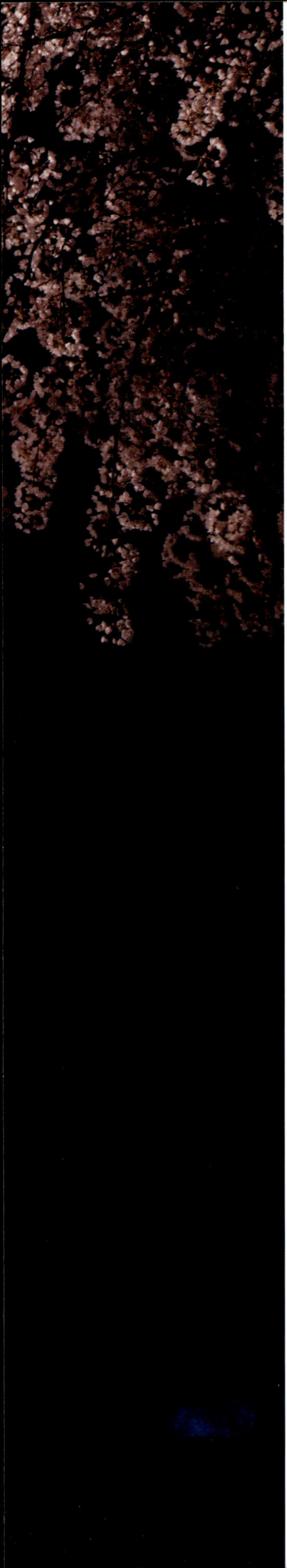

居留地の背骨なる磴花の磴　播磨陽子

大山の桜は父を小さくして　霞山旅

花影婆娑と踏むべくありぬ岨《そま》の月　原石鼎

column2 桜図鑑

春の盛りを彩る桜

染井吉野の少しあと、4月上中旬頃に満開となる桜。また、春と秋に開花する珍しい桜もあり、これら二季咲きの品種も春はこの時期に咲く（秋は9～11月）。

注：開花期は東京を基準としているが、植栽地の環境条件により若干変動することがある

025 **伊豆最福寺枝垂《いずさいふくじしだれ》**
八重咲／大輪／白色

026 **雨情枝垂《うじょうしだれ》**
八重咲／中輪／淡紅色

027 **永源寺《えいげんじ》**
八重咲／大輪／白色

028 **奥州里桜《おうしゅうさとざくら》**
半八重咲／大輪／紫紅色

029 **思川《おもいがわ》**
半八重咲／中輪／淡紅色

030 **苔清水《こけしみず》**
一重咲／中輪／淡紅色

031 **御殿場桜《ごてんばざくら》**
一重咲／中輪／淡紅色

032 **静匂《しずかにおい》**
一重咲／中輪／淡紅色

033 **枝垂山桜《しだれやまざくら》**
一重咲／中輪／白色

034 **仙台屋《せんだいや》**
一重咲／中輪／紅色

035 **太白《たいはく》**
一重咲／大輪／白色

036 **高砂《たかさご》**
八重咲／大輪／淡紅色

037 **天賜香《てんしこう》**
八重咲／中輪／白色

038 **衣通姫《そとおりひめ》**
一重咲／大輪／淡紅色

039 **火打谷菊桜《ひうちだにきくざくら》**
菊咲(段咲あり)／中輪／淡紅色

040 **紅豊《べにゆたか》**
八重咲／大輪／濃紅色

041 **舞姫《まいひめ》**
八重咲／中輪／淡紅色

042 **八重紅大島《やえべにおおしま》**
八重咲／大輪／淡紅色

043 **八重紅枝垂《やえべにしだれ》**
八重咲／小輪／紅色

044 **八重紅彼岸《やえべにひがん》**
八重咲／中輪／淡紅色

春と秋に咲く桜

045 **アーコレード**
八重咲／大輪／淡紅色

046 **小福桜《こぶくざくら》**
八重咲／小輪／白色

047 **四季桜《しきざくら》**
一重咲／小輪／淡紅色

048 **十月桜《じゅうがつざくら》**
半八重咲／中輪／淡紅色

049 **冬桜《ふゆざくら》**
一重咲／中輪／白色

050 **穂咲彼岸八重桜《ほざきひがんやえざくら》**
八重咲／中輪／淡紅色

Part 3

人とともにある花

人生の節々で、私たちの心の風景を彩ってきた桜。
美しく咲く花は数あれど、これほどまでに
人の生活、人の心と密接につながっているのは
桜をおいて他にないのではないでしょうか。
花の姿を詠んだ十七音の向こうにある、
人間の思いと情緒を深く味わってみましょう。

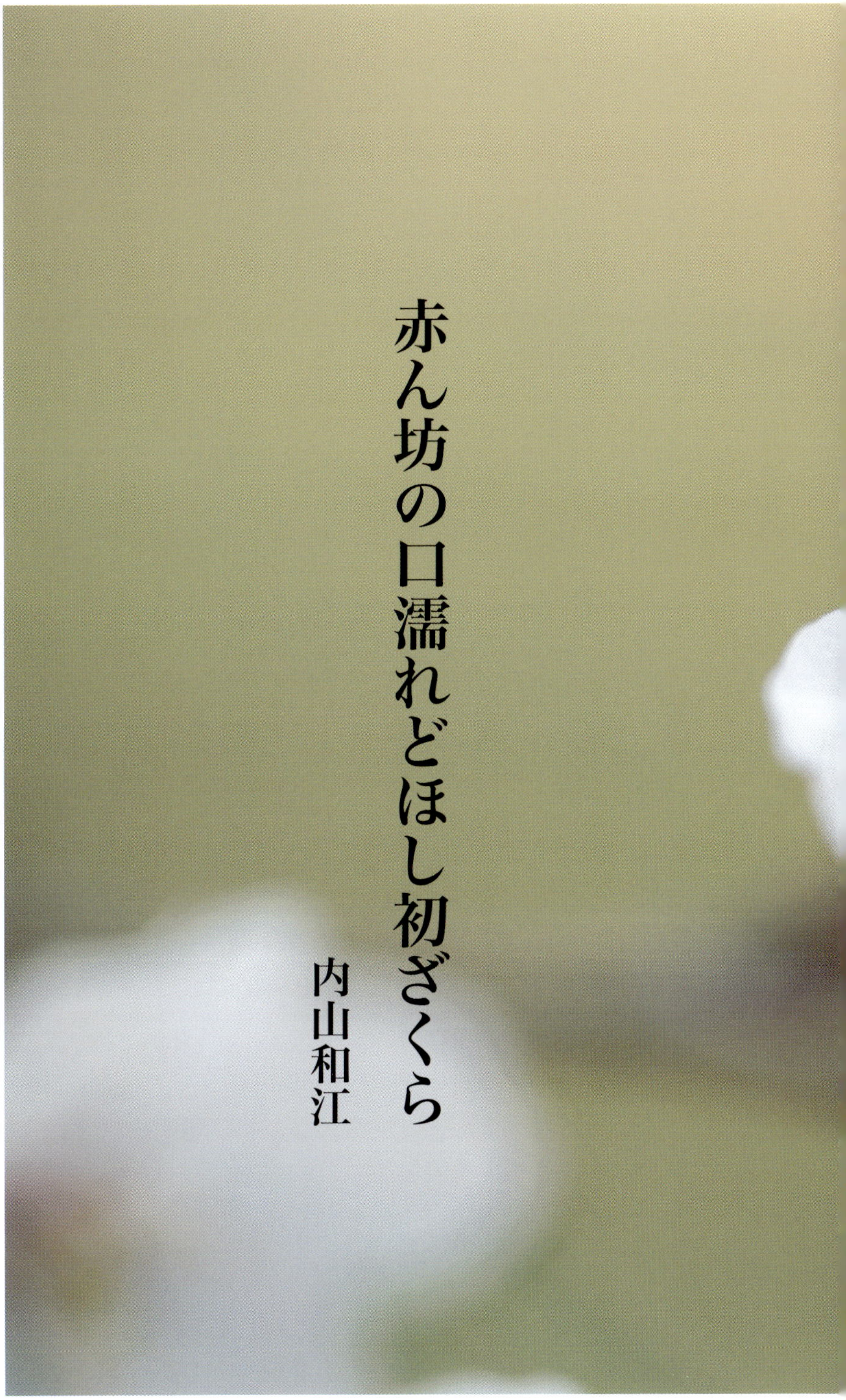

赤ん坊の口濡れどほし初ざくら

内山和江

お隣の花見て今日の暮れにけり

有瀬こうこ

花衣ぬぐやまつはる紐いろ〳〵

杉田久女

チ、ポ、と鼓打たうよ花月夜

松本たかし

花月夜河口へ美しき橋十余

野風

家ざくら家のかたちに並ぶ石

抹茶金魚

桜散るチェロは十字架かもしれぬ

小野更紗

グランドピアノへ墜ちるさくらさくら

じゃすみん

ゆで玉子むけばかがやく花曇
中村汀女

花曇り母はおろかに先走り
うに子

桜受く無職の手とはなお白し
門田なぎさ

重箱に鯛おしまげてはな見かな

夏目成美

世の中は地獄の上の花見哉

小林一茶

土手につく花見づかれの片手かな

久保より江

東京に出て馬刺食ふ花の雨

佐藤鬼房

水つかむ八つの櫂や花の影

八かい

からからと桜を辷るフヰルムかな

一阿蘇二鷲三ピーマン

麻薬パッチ替える患家の庭桜

星埜黴円

長き長き戦中戦後大桜

三橋敏雄

花よ花よと老若男女歳をとる

池田澄子

夕桜ゆわゆわ生者行進す

あまぶー

産道のひかりの記憶花をゆく
月の道

花陰やぼくはゆつくり退化する
土井探花

打擲のための筋肉花の昼
中町とおと

column3 桜図鑑

過ぎゆく春を惜しむ桜

4月中旬頃に咲く、やや遅咲きの桜を全22品種ご紹介。八重咲、大輪で華やかな花姿を見せる桜が多く、訪れる新緑の季節に向けて春後半を艶やかに彩る。

注：開花期は東京を基準としているが、植栽地の環境条件により若干変動することがある

051 天《あま》の川《がわ》
八重咲／中輪／淡紅色

052 市原虎《いちはらとら》の尾《お》
八重咲／中輪／白色

053 一葉《いちよう》
八重咲／大輪／淡紅色

054 早晩山《いつかやま》
八重咲／大輪／白色

055 妹背《いもせ》
八重咲／大輪／紅色

056 鬱金《うこん》
八重咲／大輪／黄緑色

057 薄紅深山桜《うすべにみやまざくら》
一重咲／中輪／淡紅色

058 江戸《えど》
八重咲／大輪／淡紅色

059 大沢桜《おおさわざくら》
半八重咲／大輪／淡紅色

060 御座《ござ》の間匂《まにおい》
半八重桜／大輪／淡紅色

061 朱雀《しゅじゃく》
八重咲／大輪／淡紅色

062 白妙《しろたえ》
八重咲／大輪／白色

063 水晶《すいしょう》
菊咲／大輪／白色

064 仙台吉野《せんだいよしの》
八重咲／中輪／淡紅色

065 千里香《せんりこう》
一重八重咲／大輪／白色

066 手弱女《たおやめ》
八重咲／中輪／淡紅色

067 花笠《はながさ》
八重咲／大輪／淡紅色

068 福桜《ふくざくら》
菊咲（段咲）／大輪／紫紅色

069 紅笠《べにがさ》
八重咲／大輪／淡紅色

070 御車返《みくるまがえ》し
一重八重咲／大輪／淡紅色

071 八重紫桜《やえむらさきざくら》
八重咲／大輪／紫紅色

072 嵐山《あらしやま》
一重咲／中輪／淡紅色

Part 4

うつろう花

冬を耐えて春を待つ桜の蕾。
新しい季節の足音とともにほころび始め、
満開の時季は短くとも、刻々と表情を変える桜。
花の盛りから、足早に花散る季節へ……。

うそのやうな十六日櫻咲きにけり　正岡子規

茶毘に付す北の桜の淡き頃　秋尾

白杖に花の香こつりこちらです　よだか

雪山《せつざん》のどこも動かず花にほふ

飯田龍太

鬼の塚従へ深山桜かな

竜胆

みづうみへ雪崩込まんと花の山

しゃれこうべの妻

いらん子はおらんかと花わらひけり

すりいぴい

うぶごゑやあかごのごときはなのいろ

花節湖

起りたる桜吹雪のとどまらず
橋本多佳子

源流は白き闇なる落花かな
井上じろ

初雪のごとき落花を水の国
あっちゃん

花は吹き荒るる眼帯外したし

神山刻

花筏これから仕事なんて嘘

ほしの有紀

一山の花の散り込む谷と聞く

稲畑汀子

世の中は三日見ぬ間に桜かな

大島蓼太

ロッカーを蹴りし残響飛花落花

伊東由紀子

花筏今日で七日も浮いてます

岡村正美

残る花降る東京を出て行かう

香野さとみ

column4 桜図鑑

晩春を彩る桜

4月中下旬（73〜92番）から同下旬頃（93〜100番）に開花時期を迎える遅咲きの桜、全28品種。花弁数の多い八重咲、菊咲の桜が花の季節を締めくくる。

注：開花期は東京を基準としているが、植栽地の環境条件により若干変動することがある

073 **大村桜《おおむらざくら》**
菊咲(段咲あり)／大輪／淡紅色

074 **関山《かんざん》**
八重咲／大輪／濃紅色

075 **菊枝垂《きくしだれ》**
菊咲(段咲なし)／大輪／紅色

076 **御衣黄《ぎょいこう》**
八重桜／中輪／黄緑

077 **新珠《あらたま》**
八重咲／大輪／紅色

078 **紅華《こうか》**
八重咲／大輪／紅色

079 **松月《しょうげつ》**
八重桜／大輪／淡紅色

080 **須磨浦普賢象《すまうらふげんぞう》**
八重咲／大輪／黄緑色

081 **駿河台匂《するがだいにおい》**
一重咲／大輪／白色

082 **園里黄桜《そのさときざくら》**
八重咲／大輪／黄緑

083 **太田桜《おおたざくら》**
菊咲(段咲)／大輪／濃紅色

084 **泰山府君《たいざんふくん》**
八重咲／中輪／淡紅色

085 **東京桜《とうきょうざくら》**
八重桜／大輪／淡紅色

086 **梅護寺数珠掛桜《ばいごじじゅずかけざくら》**
菊咲(段咲あり)／大輪／紅色

087 **福禄寿《ふくろくじゅ》**
八重咲／大輪／淡紅色

088 **普賢象《ふげんぞう》**
八重咲／大輪／淡紅色

089 **紅時雨《べにしぐれ》**
八重咲／大輪／濃紅色

090 **八重深山桜《やえみやまざくら》**
八重咲／中輪／淡紅色

091 **楊貴妃《ようきひ》**
八重咲／大輪／淡紅色

092 **蘭蘭《らんらん》**
八重咲／大輪／白色

093 **菊桜《きくざくら》**
菊咲(段咲あり)／大輪／紅色

094 **麒麟《きりん》**
八重咲／大輪／濃紅色

095 **兼六園菊桜《けんろくえんきくざくら》**
菊咲(段咲あり)／大輪／淡紅色

096 **極楽寺桜《ごくらくじざくら》**
菊咲(段咲あり)／中輪／淡紅色

097 **静桜《しずかざくら》**
一重八重咲／中輪／淡紅色

098 **名島桜《なじまざくら》**
菊咲(段咲あり)／大輪／紅色

099 **奈良《なら》の八重桜《やえざくら》**
八重咲／中輪／淡紅色

100 **鵯桜《ひよどりざくら》**
菊咲(段咲あり)／大輪／濃紅色

Part
5

名句鑑賞

『「花」の歳時記』の例句募集に対し、
一五〇七句もの投句をいただき、市井の佳句を
掲載することができました。
Part1〜4に掲載した有名句と募集特選句、
全八二句の名句鑑賞です。

P.12

身の奥の鈴鳴りいづるさくらかな　黒田杏子

りんりんと身の奥に鈴の音がする。少しずつ大きくなる。静かな高揚が私を充たしていく。澄んだ桜の花弁がこぼれる。水に響くように桜がふるえている。

P.12

まさをなる空よりしだれざくらかな　富安風生

今日の空はよく晴れている。しかも澄んでいる。春のぼんやりさが薄く、青が深い。その空を背景に枝垂桜が花をこぼしている。見上げる私へと枝がしなる。

P.13

山又山山桜又山桜　阿波野青畝

春たけなわの山をゆく。両脇に桜の見事な山並みが続く。道行けど道行けど山。山桜もまた延々と続く。常に新しく出会い続ける山桜の連続への賛嘆。

P.14

咲き満ちてこぼるゝ花もなかりけり　高浜虚子

桜の樹が見事に咲き満ちている。溢れる寸前の花の見事さにため息のように気づく。薄桃色の天蓋にいて爛漫の春を寿ぐ。まだしばし花は留まっているだろう。

P.15

さきみちてさくらあをざめゐたるかな　野澤節子

一樹が花に白く浮き上がっている。桜は静かに自身の領域を咲き満ちている。その両脇にはまた白い桜。その隣も。無尽に続く白い桜の花々は次第に互いの青を深めていく。

P.16

夜桜やうらわかき月本郷に　石田波郷

柔らかに春の月が昇る。湿りを含んだ春の夜だ。かつてこらの郡の中心であった土地を一望して桜の夜が明るい。桜が月光を吸って仄白く発光する。良い夜である。

P.18

さまぐの事おもひ出す桜かな　松尾芭蕉

目の前の桜がひとひら落ちて、あの時のことを思い出した。記憶が紐のように次々とたぐり寄せられる。良きも悪きも、長くを生きた。感慨へ桜がさわさわと鳴る。

P.19

空をゆく一とかたまりの花吹雪　高野素十

花吹雪の只中にいてその様を眺める。高い枝から今ひとかたまりの花が身を離した。散り散りに数を減らしながら吹き流れる花。雲よりも美しい桃色の流れに見惚れる。

P.19

風に落つ楊貴妃桜房のまま　杉田久女

ぽたりと楊貴妃桜の房が落ちた。風に枝を離れ、そのままの形で地に落ちる。形を留める八重の花弁が清楚で淫ら。脱ぎ落とされたばかりのパニエのように。

P.20

人体冷えて東北白い花盛り　金子兜太

東北の春は寒い。厳しい寒気に磨かれ花は一層白く盛りを迎えている。桜を眺める私の手も冷え切っている。かつてこの地を襲った津波を思う。死者の冷たさを我が身に思う。

P.25

ゆさゆさと大枝ゆるる桜かな

村上鬼城

桜が鳴っている。花弁がはらはらと落ちる。名木の見事な枝ぶりを見上げる。また花が鳴る。起こる風に大枝が花を落とす。大らかに堂々として、明るい。

P.25 募集特選句

N極へそぞろに花の波打てり

芹澤順子

コンパスは必ず北を指す。その原因は地球自体が一つの磁石だからだそうな。そぞろに続く花くずは波のように地を象《かたど》っていく。地球の磁場に従うように。

P.26 募集特選句

生徒待つ花の蕾のひしめきて

谷口詠美

桜の蕾が枝にひしめいている。まだ開く前の白みを帯びた緑。桜の咲く清浄な力に生徒たちを思う。これから始まる生徒たちとの日々。心に満ちる期待と希望。

p.26 募集特選句

花の門抜けて上着を無くしけり

立志

咲き誇る花の門を潜る。上着を無くしてしまったらしい。いつの間に、と花の門を振り返る。地には散り敷く花片ばかり。踏み戻るのが少しためらわれる桜の日。

P.26 募集特選句

花房の贄となりたる猫の耳

内藤羊皐

たわわな桜の房が風に揺れる。塀の上を猫が歩む。日射しは高い。暖かな陽気に猫が座り込む。また風。花房が猫の耳をくすぐる。不快そうに去る猫を笑うように花房は揺れる。

P.27

本丸に立てば二の丸花の中

上村占魚

城に登る。長いこと登り足もいささかくたびれた。本丸に出てみれば、眼下の二の丸は見事な桜。花を揺らす風が身に心地よい。その本丸も花の渦中に華やぐ。

P.28

櫻のはなし採寸のあひだぢう

田中裕明

ウエストから始まり股下、肩幅、その他諸々。あれこれと採寸が続く。手を動かしながら口は今年の桜の話を続けている。明るい語り口に興趣がそそられる。

P.28 募集特選句

ナマステナマステ開校二年目の桜

小泉岩魚

インドで二年目の春を迎えた。小学校には今日も朝の挨拶が飛び交う。校庭には桜の樹を植えた。その脇を抜けて子どもたちが教室へ走っていく。成長の春を眩しむ。

P.28 募集特選句

桜さくら誰がいちばん高くとぶ

歌鈴

青空へ跳ねる。ぴょこんぴょこんと頭が躍る。子どもたちは桜の下を駆け飛び遊ぶ。背を押すように風が吹く。高く高く。花片も春の躍動を喜び合うように。

P.29 募集特選句

娘から話があると初桜

前川雪花

一体どんな話なのか。慶事か、凶事か。面持ちだけではわからない。話の内容をあれこれ想像する。淡い期待と少しの動揺。初桜よ慶事であれ。

P.29 募集特選句

延命をことわる朝や初ざくら　若井柳児

初桜が白く窓外に光る。病室の静かな朝。悩んだ末、延命は断ることに決めた。不自由な病室に永らえるよりいい。初桜の開く外の空気を肺に吸いたく、医師に告げる。

P.29 募集特選句

さくら咲く少し荷物が重すぎる　龍門京子

今年もさくらが咲いた。この「荷物」とは買い物の荷物だろうか。仕事の量だろうか。抱え続けてきた心の荷物だろうか。桜が咲くと自分の抱える荷物について考える。

P.29 募集特選句

花を見に行かうな母の口へ粥　凡鑚

母は桜が好きだった。口癖のように「もう桜が咲いたか」と問う。「そうだ」と答える。母の口へ粥を運ぶ。力なく咀嚼する母へ「見に行こうな」と言う。粥よ、母の力となれ。

P.31

さくらの夜不意に蛇口が水こぼす　宮坂静生

夜の桜が外灯に鎮まっている。辺りに人気はない。人ももう夜桜見物を終えて去っている。不意に蛇口から水がこぼれる。少しの水が地面を濡らす。静かな桜の夜。

P.31 募集特選句

さくらさくらまた酒に逃げるのか　片野瑞木

桜が呼び起こす悲しみにどう付き合えばいいだろう。時折胸を潰しそうな悲しみに襲われる。なにかあるとすぐ酒に逃げる。その人の記憶もまた私を苛む。

P.31 募集特選句

そんな顔するんだ桜見る時は　こま

怒った顔も、笑った顔も、いっぱい見てきたけど、そんな表情見たことなかった。桜を見る横顔は喜びとも悲しみともつかない、そんな表情。遠く隔たる桜が淋しい。

P.32 募集特選句

手の平を弾む花房ほの青し　てん点

ぽろりと落ちてきた花房が足先で弾んだ。その弾みがなんとも慶事に思えて掌に拾い上げた。ぽん、と弾ませてみる。まだ若い花房は仄青く仄白く掌を遊ぶ。

P.32

書庫の窓つぎ〳〵にあくさくらかな　竹下しづの女

書庫の窓が次々と開く。大掃除でもしているのか。埃の靄《もや》が窓からぽかんと出てくるかのようだ。窓の脇には桜の樹。書庫の窓へと桜の光が飛び込んでいくかのようだ。

P.32 募集特選句

少年院花描く人の筆静か　沢田朱里

桜が院の庭に植わっている。その樹を遠巻きに絵筆を運ぶ。16歳に満たない者が収容される少年院。桜を描いているのは少年か、少年たちか。はたまた彼らを見守る大人であるか。

P.33

手をつけて海のつめたき桜かな　岸本尚毅

水際に寄る。海に手を触れる。思わぬ冷たさにはっと手をひっこめる。桜咲く春の海の一日。視線をあげれば陸の桜が海へと散っていく。海も冷たく、桜も冷たい。

P.33 募集特選句

沖にでてみえぬ桜を思ひをり

亀田荒太

海原の青。奔《はし》る潮に白波が立つ。春の強い風が船を押す。この風は陸の桜を散らしただろう。花片を追い散らし、今また私の船を追い立てる風。舵を握り、その桜を思う。

P.34

鳩の目に金のまじれる桜かな

夏井いつき

虹色の首をした鳩が桜の下にたむろしている。眼球をのぞき込む。幾筋かの金が混じる朱色の目の中心に黒い瞳が収まっている。その美しさが少し恐ろしい。そして桜もまた。

P.34 募集特選句

外来の鸚哥に旨き花の蘂

井上三重丸

真っ赤な花の蘂《しべ》が降りしきっている。細長いそれを拾い上げる。艶やかな赤が旨そうで外来のインコに与えてみた。極彩色のくちばし。羽色が鮮やかさを増すかのようだ。

p.34 募集特選句

獅子達のあくび銀座の花の昼

小池亀城

人間がそうであるように獅子たちの中にも真面目なのとそうでないのがいてさ。たとえばそこの獅子。サボってるやつかもね。銀座三越の石のライオンもあくびしそうな花の昼だ。

P.35

花守のあづかり船や岸の月

炭太祇

花見客から船を預かる。花咲く岸に船を舫《もや》う。良い月が出ている。船が波に揺れる。水面には桜と月が幽玄に光る。花守は波音をききつつ静やかに花を愛でる。

P.35 募集特選句

人間は夜に匂ふや花枝垂る

倉木はじめ

枝垂桜が夜を滴っている。灯が点々と花を照らす。人間は夜になると異臭を放つかのようだ。夜の異物のように。花の香りを乱すかのように。

P.35 募集特選句

花篝あの子の右目笑わない

七瀬ゆきこ

赤々と花篝が焚かれている。暗い夜空へ火の粉が舞い上がる。あの子は、ずっと火を眺めている。花篝を眺める横顔を桜が白く縁取る。笑わない右目に炎が揺らめく。

P.36 募集特選句

居留地の背骨なる磴花の磴

播磨陽子

そびえ立つ石段。空が高い。両脇を桜が彩っている。居留地の背骨のようにこの石段は続いている。この地に眠る多くの異邦人もかつて桜を賞美しただろうか。

P.36 募集特選句

大山の桜は父を小さくして

霞山旅

鳥取県西部、大山《だいせん》。山岳信仰で栄えたこの地を父は殊の外愛した。若かりし頃駆けた山へ父を連れて参る。桜の放つ濃い山の精気。その中で父は殊更小さく痩せて見えた。

P.36

花影婆娑と踏むべくありぬ岨《そま》の月

原石鼎

材木を得る杣山《そまやま》の夜。月が明るい。花が夜風にばさと揺れる。月光の道に影が動く。まとまりつつ、散りつつ、花は道に陰影を刻む。その影を辿るよう歩く。

P. 41

赤ん坊の口濡れどほし初ざくら　内山和江

今年初めての桜を見に出る。赤ん坊を抱いて桜を見上げる。小さな歯の生え始めた口。よだれが光る口。桜は淡い色合いに咲き始めたばかり。

P. 42　募集特選句

お隣の花見て今日の暮れにけり　有瀬こうこ

お隣の桜が見事でずっと見ている。朝には鳥が立ち騒ぐ。昼の太陽に花がきらきら光る。夕風に乗り花弁が庭へ降ってくる。はや月が昇ってくる。豊かに今日が暮れている。

P. 43

チ、ポ、と鼓打たうよ花月夜　松本たかし

月夜の花が薄桃色に照っている。妖しさと華やかさの同居する月夜。まるで平安京の夜だ。こんな夜には楽の音のひとつもあった方が相応しい。鼓でも打とうではないか。

P. 43

花衣ぬぐやまつはる紐いろ〳〵　杉田久女

花見を終え、花衣を脱ぐ。花見の疲れと共に重やかに落ちる衣。纏《まと》わる紐がくったりと床に広がる。華やかな着物に用いられる紐の種々もまた花のように艶やか。

P. 44　募集特選句

花月夜河口へ美しき橋十余　野風

そぞろ歩きの夜を桜が月が照らしている。遠くには河口が見える。古い木の橋が十余りも続いている。あの美しい橋の、さてどの辺で折り返そうか。思案も楽しくまた歩む。

P. 44　募集特選句

家ざくら家のかたちに並ぶ石　抹茶金魚

ぽっかりと桜の古木が佇む。訪ね来たのは名家の旧跡か、古い生家か。わずかばかりの礎石が家の形に並んでいる。庭とは呼べぬものとなった庭に、家桜は今年も花をつける。

P. 45　募集特選句

桜散るチェロは十字架かもしれぬ　小野更紗

大きな黒いチェロケースを引いて男が行く。重い車輪が散り落ちた花弁を轢《ひ》いて行く。桜並木が両脇に白い。やがて遠くへ消えて行く。十字架めく黒を脳裏に残して。

P. 45　募集特選句

グランドピアノへ墜ちるさくらさくら　じゃすみん

ピアノの黒が光を弾く。つるりとした天板には春が眠たく鎮座しているかのよう。桜がひとひら落ちる。宙に白い軌跡を残し天板へ着く。白い傷のように花片が墜ちる。

P. 46

ゆで玉子むけばかがやく花曇　中村汀女

ゆで玉子を剝く。つるんと白身が現れる。あまり綺麗なものだから空へと掲げてみる。空模様は良くない。だが花曇の暖い気怠さにこのゆで玉子はより一層輝いて見える。

P. 46　募集特選句

花曇り母はおろかに先走り　うに子

これで幾度目だろう。母は時折愚行ともいえる先走りをする。決まってこんな曇天の日。気圧の変化がそうさせるのか、歳のせいか。暗澹たる花曇りのため息。

P.46 募集特選句

桜受く無職の手とはなお白し　門田なぎさ

桜が一片掌へと落ちる。桜へさしのべる手。桜の白と比してなお私の手は白い。この手を次は何に用いるのか。無職の空虚をぽっかりと見つめる。

P.47

重箱に鯛おしまげてはな見かな　夏目成美

諸々の準備も賑々しく花見へと出かける。立派な重箱は花見弁当。蓋を開けてみれば、鯛が窮屈そうにおしまげられて詰まっている。その姿も愉快だと花見を楽しむ。

P.47

世の中は地獄の上の花見哉　小林一茶

この世の中には天の国と地の国つまり地獄がある。足下のどこか遠い地の底には悪鬼羅刹《らせつ》が住まっているのだ。花見の狂騒はその様にも似る。賑やかで愚かしくて楽しい。

p.47

土手につく花見づかれの片手かな　久保より江

酔いが回ってきた。深い息をつく。宴もたけなわの花筵を抜け出し、土手に腰掛ける。草が手にひんやりと心地よい。遠目に花見の人々を眺める。のどやかに空が広がる。

P.48

東京に出て馬刺食ふ花の雨　佐藤鬼房

花の東京に出てきた。桜を散らす雨は冷たい。故郷にはない華やぎが東京にはあるのだが。口に放り込む馬刺がひんやりと舌に溶ける。美しい孤独が溶ける。

P.49 募集特選句

水つかむ八つの櫂や花の影　八かい

掌に櫂が食い込む。重い水を捉える度にボートは滑るように進んでいく。湖の水面は冷たい。水へせり出すように桜が咲いている。今、舟は桜の光と影をよぎる。

P.49 募集特選句

からからと桜を辷るフヰルムかな　一阿蘇二鷲三ピーマン

古ぼけた映写機の把手《はしゅ》を回す。からからと乾いた音を立ててフィルムが回る。映し出されるのはある日の春の光景。色あせた桜が次々に滑り出す。遠い記憶と共に。

P.49 募集特選句

麻薬パッチ替える患家の庭桜　星埜黴円

麻薬パッチとは劇薬である。癌の強い痛みを抑えるために処方される貼り薬。それを替えるために患家を訪《おとな》う。豪奢な庭には品の良い庭桜。美しくて切ない桜だ。

P.50

長き長き戦中戦後大桜　三橋敏雄

戦後70年以上が経った。長い長い時間だ。桜の寿命は60年ともいう。暗く苦しい戦中は終わることがないかと思うほど長かった。そして大桜を前に記憶は遠い過去へと飛ぶ。

P.50

花よ花よと老若男女歳をとる　池田澄子

年に一度、花の頃に親族が顔を合わせる。花を楽しみながら近況を語り合う。子どもの成長は格別に早い。親も少し歳経た風格になったろうか。皆一つ歳をとる。

P.50 募集特選句

夕桜ゆわゆわ生者行進す　あまぶー

夕日に桜が白く赤く色彩を揺らす。その間を人々はゆわゆわと歩む。主婦、勤め人、学生、犬の散歩。互いに関わりなく気ままな行進をする生者を夕桜は指揮するように。

P.51 募集特選句

産道のひかりの記憶花をゆく　月の道

桜の咲き満ちた道を行く。天蓋のような花。陽が反響するように花の道を充たしている。かつて私が通った産道もこんな光だった。ゆらゆらと花がたゆたう。

P.51 募集特選句

花陰やぼくはゆつくり退化する　土井探花

桜の下陰にうずくまってなにをするでもない。桜を見るでもない。自分の退化について考えている。陰の外の世界は明るい桜に彩られている。私から遠く隔たって。

P.51 募集特選句

打擲のための筋肉花の昼　中町とおと

背に筋肉が波打っている。腕の筋肉がふるえる。これが打擲《ちょうちゃく》するための筋肉なのだと気づく。桜の明るい昼。人を打ったことの哀しさが、苦い。

P.55

うそのやうな十六日櫻咲きにけり　正岡子規

小泉八雲とともに「十六日櫻」の伝承を『怪談』に取り上げた。子規の時代には健在であった桜だが戦災に枯死した。早世する子規はどのような思いでこの桜を見たものか。

P.55 募集特選句

荼毘に付す北の桜の淡き頃　秋尾

故人は北の生まれだった。北の桜は遅い。まだ故郷の桜は淡い花を開き始めた頃だったろう。焼棺を終えた煙が風に漂っていく。満開の桜を離れ、北の淡き桜へと。

P.55 募集特選句

白杖に花の香こつりこちらです　よだか

白杖、花の香、こつり、こちら。静かな音の響きだ。白杖の行く先には桜の淡い香り。案内の手が温い。白杖片手に手をとられて、桜の樹下へとすすむ。

P.56

雪山《せつざん》のどこも動かず花にほふ　飯田龍太

雪山がしんと静まりかえっている。深く息を吸う。冷気に混じり鼻に淡い桜の香りが届く。沈黙の山に何ものかが動く気配はない。しかし空気には春が匂い始めている。

P.56 募集特選句

鬼の塚従へ深山桜かな　竜胆

深山に立派な桜と行き合った。笠のような花が白くそびえている。その陰には小さな塚がある。木札の謂《いわ》れによれば鬼の塚だという。花は一層幽玄に白く。

P.57 募集特選句

みづうみへ雪崩込まんと花の山　しゃれこうべの妻

水際。桜の花弁が幾筋か揺れる。湖は蕩々《とうとう》と春風を遊ばせている。四囲の山は一面の桜。薄桃色の花が光と共に膨らんでいる。湖へ雪崩込まんと力を漲《たぎ》らせて。

P.57 募集特選句

いらん子はおらんかと花わらひけり　すりいぴぃ

桜の白さが時に恐ろしい。脅かすように吹き来る無数の桜。その波に連れ去られそうになる。耳をかすめて花弁がしゅらしゅらと笑う。その声に耳を貸さぬよう手を強く握る。

P.57 募集特選句

うぶごゑやあかごのごときはなのいろ　花節湖

出産の瞬間をじりじりと待つ。産声が上がる。絞るような産声。喜び。そして強い安堵。肩の力が抜ける。はじめて窓の桜に気づく。赤子を思わせる清らかな花の生命力。

P.58

起りたる桜吹雪のとどまらず　橋本多佳子

強い風に桜吹雪が巻き起こった。白い雪嵐さながらに花弁が視界を覆い尽くす。地の花弁も巻き上がり渦をなす。その渦中にうっとりと圧倒される。

p.58 募集特選句

源流は白き闇なる落花かな　井上じろ

清かな源流のしらべが闇の中から聞こえてくる。その闇へちらちらと桜が落ちていく。月光に水が白く翻る。今、落花の一片が水に呑まれる。無数に続く花弁の先駆けとして。

P.58 募集特選句

初雪のごとき落花を水の国　あつちゃん

雪かと見まがうほどの白。光を吸うようなやわらかな白。その無数の白は落花だった。あわや水に消えるかと思えば湖面にその姿を留めて流れる。水美しき国の清浄な白を湛え。

P.60 募集特選句

花は吹き荒るる眼帯外したし　神山刻

目患いが長引いている。今日も眼科へ通う。眼帯がかゆい。通いの道には桜が盛りを迎えている。ちりちりと花が吹き荒れる。眼帯を外してこの花をながめたくなる。

P.60 募集特選句

花筏これから仕事なんて嘘　ほしの有紀

はてどんな状況だろう。付き合いを避けるための方便か、午後からの仕事を憂いているのか、はたまた浮気な男を見送っているのか。花筏と共に思考はつらつらと流れる。

P.61

一山の花の散り込む谷と聞く　稲畑汀子

花の見事という噂の谷へと来た。両脇にそびえる山を眺める。高くまで桜が咲き登っている。風が吹き始める。最初の一片が舞う。一山の花を浴びる瞬間へと心が躍る。

P.62

世の中は三日見ぬ間に桜かな　大島蓼太

三日ぶりに外へ出る。陽光が目に痛い。ほんの三日離れただけの俗世。その間に桜が咲いたらしい。桜とはなんとまあにぎやかで気ぜわしいものであるか。

P.63 募集特選句

ロッカーを蹴りし残響飛花落花　伊東由紀子

ガツンとロッカーのけたたましい悲鳴が響いた。殷々《いんいん》とこだました残響が校舎に消えていく。校庭では桜が散り続いている。音と共に溶けるように桜が降る。

P.63 募集特選句

花筏今日で七日も浮いてます　岡村正美

花が散り始めたのは先週のこと。桜は随分まばらになったが、水面の花筏はいつまでも留まっている。少しずつ流れ、入れ替わりつつ、はや七日目。明日はどうなっているだろう。

P.63 募集特選句

残る花降る東京を出て行かう　香野さとみ

遅い桜の花弁が枝からその身を離す。今年の桜は長かった。最後の荷物を納めて、段ボールに封をする。明日には家を引き払う。東京を明日、出て行く。

Part 6

桜の秘密・花のサイエンス

万葉の昔から、桜は私たち日本人の
心を魅了し続けてきました。
実は、桜には600を超える品種が存在します。
科学的な見地からの
桜の個性と魅力へのアプローチで、
桜がさらに身近な存在に。

|解説|

公益財団法人 日本花の会　花と緑の研究所 上級研究員
小山 徹（こやま・とおる）

1992年より、公益財団法人日本花の会・結城農場「花と緑の研究所」に勤務。同所にて桜の品種を学び、桜の繁殖、種の保存を行うとともに、桜の名所づくりやそのための調査研究、住民指導などを担当。現在も日本各地の桜の名所づくりを行いつつ、日本花の会が毎年開催する「全国花のまちづくりコンクール」の運営に従事している。

聞き手：ローゼン千津
愛媛県生まれ。夏井いつき率いる俳句集団「いつき組」俳人。アメリカ人チェリストの夫と山中湖に住む。夏井いつきの実妹でスキーが趣味。

花の個性を詠む

ローゼン（以下ロ）　はじめまして。「日本花の会」は、コマツ製作所の中にあるんですね。ホームページの写真を拝見して、こんな立派な枝垂桜が、ビルの谷間の屋上に咲いてる！　と興味津々。しかもそれが東京のど真ん中、国会議事堂の近所だとは、びっくりです。

小山（以下小）　ようこそ。当時のコマツの社長、河合良成《かわいよしなり》という方が花が大好きで、とくに高山植物が好きだったらしいです。

ロ　山歩きをなさったんでしょうね。それで「日本花の会」を？

小　はい。河合社長が私財をなげうって、昭和37（1962）年4月に創設されました。

ロ　「花の個性を尊重」という河合社長のメッセージは、まさにこの『花の歳時記』のテーマに掲げたい言葉。「花の個性を詠む」をキーワードに、どのくらいたくさんの桜の種類があるのか、それぞれどんな魅力があるのかを、今日は根掘り葉掘りお聞きして帰りたいと思います。どうぞよろしくお願いします！

小　こちらこそ。よくホームページをご覧いただいてますね。ビルの基礎や建物の構造を補強することで、屋上でも普通の土壌を用いて、桜など高木の生育も可能になったんです。蟬《せみ》も羽化します、虫も鳴きます、野鳥も来ます。

ロ　まるで秘密の花園ですね。こんな大都会の屋上で桜の大樹を育てるにはどれほどの土がいるんだろう、どうやって運んだんだろうと不思議だったんですが、今お聞きして納得。それに、（コマツ製作所）１階ロビーにショベルカーがあって。その黄色い大きな手が花や木を守り育てている、という実感が湧きます。

小　後で屋上にご案内しましょうか？

ロ　ぜひとも。大都会の冬空に浮かぶ花園で一句詠むのを楽しみにして来ました。ところで、小山さんは上級研究員という肩書をお持ちですが、どんな分野をご担当されているのですか？

小　おもに「桜の名所づくり」です。日本産の野生種の桜は９種類。変種や自然交雑種、園芸種など合わせて350種類の桜が、当会のさくら見本園（茨城県結城市）にあります。その中から、どの桜を植えるかという相談を受け、現地に行き栽培管理や樹勢回復などの作業もしております。

ロ　日本の桜の種類を熟知していなければできないお仕事ですね。早速ですが、今日はその350種の花[※1]の中から、「厳選百花」を小山さんに選んでいただきたいんです。さまざまな事情で花見に行けない方が、写真を見て一句詠める。一種類につき一句作れば「花百句」が揃う。足の不自由な87歳の私の母に贈りたいような花の歳時記を作る、というのが今回の目標です！

小　これ、日本花の会で作った『桜のミニ図鑑』です。（編集部注：パンフレットを差し出す）実は、ここに１００種類、載っているんです。このパンフレットが参考になるんじゃないかと。

ロ　参考どころかそのものズバリ！　このまま『花の歳時記』に挟み込みたい（笑）。

小　花の名所づくりの相談に来られる方にお見せするもので、見た目が美しく、おすすめして問題がない、と厳選した１００種類が、開花期順に並んでます。

ロ　百花選びに何時間かかるかわからないぞと、カツ丼食べてきたんですが、あっという間に（笑）。じゃ次です。１００種類を４つに分類した桜図鑑を掲載するとしたら？

小　「春の訪れを告げる桜」「春の盛りを彩る桜」「過ぎゆく春を惜しむ桜」「晩春を彩る桜」で分けてみましょう。

ロ　それでいきましょう！　この百花の中から、小山さんの好きな花をご紹介ください。あと「面白い名前の桜」、俳句にそのまま使えてしまうような。

※１ これ以降、「花」とは、季語の「花」「桜」のことをいう。

花の名から想像を広げて

小　変わった名前ということでしたら……。

ロ　『麒麟《きりん》』というのがありますね、94[※2]番。おニャン子クラブみたい（笑）。

小　麒麟は昔からある花ですが、74番の『関山《かんざん》』に似ている。写真で見るとそうでもないが、花を見るとそっくり。花の裏を見て、萼筒《がくとう》[※3]の形や萼片《がくへん》の鋸歯《きょし》の有無の違いで見分けています。関山は、桜湯に使う花です。花びらの枚数が20枚から50枚。お湯を注ぐとふわっと広がって花色が濃い。塩漬けにして薄くなっても美しい色を保つ。皆さんのお好きな桜餅の葉は大島桜《おおしまざくら》です。山本新六さんという方が長命寺の落葉掻きをしていて、ほかに葉っぱの使い道はないか考えて。

ロ　どうせ落ちて掻かなきゃいけないなら、これで金もうけできたら一石二鳥や（笑）。

小　塩漬けにすることによって、「クマリン」という芳香性の物質が出る。餅を包んでみたら味も香りもよいと。若木の時に葉を取るため、剪定して葉を大きくするらしいですが、基本的に野生種の大島桜の葉を用いるそうです。ちょっと話がそれましたが。

ロ　その脱線が俳句になる（笑）。「関山の花びら数ふ白湯の中」「桜餅包む大島桜かな」。

小　麒麟があれば、『蘭蘭《らんらん》』もあり。92番。あの、パンダの蘭蘭にちなんだ命名です。北海道の浅利政俊という方が作られた。桜の名所・松前の名木の血が入った「血脈桜《けちみゃくざくら》」の『白蘭《はくらん》』に、『雨《あま》宿《やどり》』という、白い大輪の八重咲の花びらの外側にほのかに紅が残る品種を交配して作られました。1980年5月5日、蘭蘭の追悼記念として命名されたそうです。

ロ　「花の雨パンダも宿りしてゐるか」「蘭蘭は花の名上野動物園」。血脈桜なんて言葉にも俳人はグッときます。「松前の白き血脈桜かな」。浅利さんの作った浅利桜とは呼ばれない？

小　人名や地名は難しい。たとえば桜ではすでに登録されていれば、次は使えないんです。

ロ　なるほど。俳号は登録制ではないから、同じ俳号の人が日本中にわんさか（笑）。日本花の会でも『舞姫《まいひめ》』という桜を作られて、森鷗外の生家に植樹されたとか？

小　41番は、日本花の会の創立50周年を記念して作りました。

ロ　ピンクのフリルのドレスみたい。「舞姫の裾に涙や花の雨」。

小　桜って浮気性なんですよ。自家不和合性といって、自分の花粉では種子が作れないので、他の桜から受粉して実ができる。染井吉野は種をつけないと言われますが、そうじゃない。染井吉野の並木だから、互いに同じ桜と認識して種をつけないだけで。近くに別の桜があれば種はつける。それを蒔《ま》けば、染井吉野とは別の品種になる。同じ桜を作るには接《つ》ぎ木が必要ですが、新種を作るなら種を蒔け、です。ローゼンさんがいい桜を見つけて登録[※4]すれば、名前が残りますよ。

※2 品種名の番号は本書コラム「桜図鑑」の番号に対応。

※3 萼筒は花葉の一番外側にある萼が合着《ごうちゃく》して筒状になったもの。萼片は萼の個々の部分。

※4 新しい桜を見つけたり、作出した場合。農林水産省にある知的財産課が管理する種苗登録制度に則って品種登録。申請者が品種名を記載するときはいくつか候補を出す。

花の風景、花の齢

小　染井吉野にさきがけて咲く花といえば、まずは『河津桜《かわづざくら》』。100種類中、第1番の花。伊豆半島の河津町はそこで発見された原木を増やして川沿いに植えた有名な花の名所です。早春を楽しむ名所となりますが、温暖な気候に恵まれた河津町に合致した桜だからこその景観なので、よそが真似ると紫紅色の濃い桜が風景に調和しない場合もあるんです。淡いパステル調の桜がよく合

日本花の会の創立50周年を記念する新品種として作出された「舞姫」

う土地もあり、名所づくりのときにはそういう調和も考えます。

ロ　さすが花の名所づくりのプロ。でも、俳句的には面白い。俳人は調和しない方がなぜか好きなんです（笑）。「紫紅《むらさき》の花に日翳《ひかげ》る河津川」。河津に行ったこともないのに、川が今ありありと目に浮かびました。

小　パステルカラーといえば、長野県伊那市にある高遠城址公園の『高遠小彼岸《たかとおこひがん》』、14番。桜好きの間では、見たい名所のトップ10に入ると思います。また、弘前城には樹齢135年といわれる染井吉野があります。樹齢100年を超える古木も多数あり、手入れがいいから皆元気なんです。

ロ　どういう手入れがいいんでしょうか?

小　青森では、同じバラ科の林檎《りんご》が盛んじゃないですか?

ロ　桜ってバラ科なんですね、そう言われれば。

小　林檎栽培で培ってきた適切な剪定で、木に負担をかけずに管理されている。桜は1つの芽が伸びた先に花がつくとき、小花柄《しょうかへい》が出て花が分かれるんですが、弘前のはその花つきが5から6もある。関東では4つくらいが普通なので、弘前と比べ、花のボリュームが違う。よい管理をしてあげれば花つきがよくなり、きれいに見せることができるといういい事例です、弘前は。

ロ　長寿の染井吉野がある一方で、戦後に植えた染井吉野が一斉に枯れるという噂があります。うちの姉の夏井いつきが、非常にこれを心配していて、聞いて来いと。

小　以前、染井吉野寿命60年説[※5]という本が出ました。戦後の燃料事情により多くの桜が切られたと言われます。全国にある桜、今我々の目につく桜はその後に植栽されたもので、確かに染井吉野は病害虫に弱く、傷口から入った腐朽菌などにより洞ができたりしますので、そういう危惧もあるでしょうが、弘前公園にある染井吉野を見習って、しっかりと面倒を見てあげてください、とお願いしたい。大体30年をピークに勢いが落ちてきますので。

ロ　人と同じ。

小　本来、桜は人間よりずっと長生きです。ある植物学者の先生は「樹には寿命はないよ。細胞分裂をくり返すから、手入れさえすれば永遠に生きるよ」と。

ロ　桜に生まれりゃよかった、舞姫みたいな美しい桜に。

小　でも、動けませんよ（笑）。

ロ　そりゃ困る。花見に行けない（笑）。

小　染井吉野と同時期に咲く花では、『神代《じんだい》曙《あけぼの》』、21番もいい。

ロ　神代なんとかっていう名前の桜は多いですね、古いから？神代から咲いてるから？

小　いえ。東京・調布市の神代植物公園に原木があるからです。トイレの側にひょろっと咲いて、原木イコール立派というイメージとは違っておやっと思う（笑）。染井吉野よりやや濃い色です。

ロ　染井吉野より遅く咲く桜のグループではいかがですか？

小　もう私の好みだけですが（笑）、『仙台屋《せんだいや》』（34番）ですね。高知の仙台屋という店にあった花で、言ってしまえば、これ山桜なんです。普通の山桜は白花に茶葉とか赤い葉ですが、仙台屋は葉が赤くて、花色は染井吉野より濃い紅色の花色が特徴で、系統[※6]選抜してできたものです。私は山桜が好きなもので、仙台屋を推しますね。うちで作った舞姫を推さないところがいいかなと（笑）。山桜は実生なので、赤葉に白花が出たり、緑葉に白花が出たり、変化に富む花色が楽しめ、ほかの桜にはない優しさもある。桜の好き嫌いには、その人の個性というものも出ますね。

ロ　私は舞姫が好きです。濃いピンクのドレス系。松山城にある『陽光《ようこう》』も好き。それか、いっそ紅の入らない黄緑色の『御衣《ぎょい》黄《こう》』（76番）や、『鬱金《うこん》』（56番）が好きです。

小　陽光は『天城吉野《あまぎよしの》』と『寒緋桜《かんひざくら》』の交雑品種。愛媛にいらっしゃった高岡正明さんという方が作られた。濃いピンクの花が卵形に咲いて、遠目から見ても「あ、陽光かな」とわかる。

ロ　『坂の上の雲』[※7]の中で、秋山真之が登った松山城の石垣の坂の上に「陽光」があります。まさに坂の上の「花の雲」！

小　染井吉野よりも遅く、4月中下旬に咲くものですと、『松月《しょうげつ》』、79番がいいですね。蕾の外側が紅色で花は白、しかも八重咲で、色の濃淡のグラデーションがいい。松月は誰が見てもきれいと言われます。以前、桜の番付表がありました。その横綱に選ばれたのが松月。松月は美人だけに、薄命なんです（笑）。枝先から枯れたり、病害虫が入って傷んだり。

ロ　虫がつきやすい（笑）。どんな悪い虫ですか？

小　代表的なものとしてはコスカシバですね。これが入ると、樹勢が弱まってしまう。桜は、基本的に守ってあげないと残らないんですよ。

ロ　うちの庭の富士桜《ふじざくら》の蜜をなめに来る目白《めじろ》は可愛いと思うのですが、芽を食べに来る鳥は憎たらしい。あれは何の鳥でしょう？

小　鷽《うそ》か、雀《すずめ》か。鷽は餌の少ない冬場に芽を食べてしまうので、その年の花つきは非常に悪くなります。雀は咲いている花を落としてしまいますしね。

※5 平塚晶人著『サクラを救え―「ソメイヨシノ寿命60年説」に挑む男たち』文藝春秋、2001年刊。日本最古のソメイヨシノを今なお樹勢盛んに管理する青森・弘前公園を取材したノンフィクション。

※6 望ましい形質をもつ系統を交配して雑種を作り、第二代以降を個体別に採種し、各個体ごとの小系統を作り、優秀な系統を選択、固定していく交雑育種法。

※7 俳人・正岡子規と、幼馴染みで軍人の秋山真之・好古兄弟の友情を、明治時代の松山を舞台に描いた司馬遼太郎の歴史小説。

〝血筋〟をたどると9種類

小　日本の野生の桜は9種類。すべての品種の元となるのがこの9種類。台湾のほうから入ってきた寒緋桜も入れていいでしょう、という方もいる。寒緋桜がなかったら、1番の河津桜はできてないんです。寒緋桜の血と早咲きの血が入って河津桜や寒桜《かんざくら》が生まれるので、日本の野生種として、寒緋桜は重要な要素をもっています。

ロ　小山さんが「血」とおっしゃると、ドキリとします。あの赤い寒緋桜に流れているのは赤い血じゃないかという気がします。

小　血って言いますね、私たちは。台湾の日系何世という方とお話ししていて、「日本で見るような桜吹雪が見たい」と言われる。台湾の桜は寒緋桜なので花びらは舞い散らない。花ごと落ちちゃう。

ロ　椿のようにぽとりと？

小　花吹雪にならないです。だから、「花吹雪を台湾で見たい」って聞いたとき、寒緋桜と何かの血が入っている品種を台湾に持っていけばできるんじゃないのって、河津桜を持っていったらうまく咲いてくれた。寒緋桜の血が入っていれば、台湾でも咲く品種を選ぶことができるというおもしろさ。やはり、気候が日本と違いますから。日本にある桜というのは、基本的にある一定の寒さがないと咲かない。寒さも必要なんです。

ロ　富士山二合目の我が家の庭の富士桜は、やっと5月に小さな花をつけます。

小　『豆桜《まめざくら》』の別名が富士桜。豆桜の血が入っている冬桜もあって、樹が大きくならない性質も継ぐんですよ。野生の桜の9種類の何かしらの特徴が出ます。葉っぱ、咲き方、樹高など。寒緋桜が入ると10種類、早咲きの系統ができるし、『江戸彼岸《えどひがん》』であれば彼岸系の桜が枝垂れ桜も含めてできる。野生の大島桜と江戸彼岸の種を蒔いて台木を作り、それに接ぎ木をする。台木とは接ぎ木をするための仮の根です。大島桜と江戸彼岸があれば、今私たちの持っている350種の桜のほとんどを作ることができます。

ロ　「空をゆく一とかたまりの花吹雪　素十」なんて句は、じゃ、寒緋桜ではない？

小　基本的に五弁の花は風に吹き流れます。寒緋桜以外は、花吹雪になると思いますよ。

ロ　「風に落つ楊貴妃桜房のまま　久女」みたいに、房のままボタッと落ちるのは？

小　八重系のものは五弁みたいに散らないこともある。散り忘れてそのまま落ちる花もある。よく見ていますよね、俳句の方は。桜の特徴をつかんでますね。先ほどの「寒さ」の話に戻ると、よく昔の文献にあるのは、染井吉野は気温5℃以下が60日ぐらいあると咲きますと。寒さのあと、2か月ほどで一斉に咲き始める。

ロ　それがまさに、桜のドラマチックな側面を作っているんですね。

小　私たちは「勘ピューター」という言葉を使っていました。現在は起点日をいつにするかで、開花予報が早くなったり遅くなったり、違ってくる。5℃以下、5℃になったときを計算式に入れて開花日を出す。昔はそれを経験と勘でやっていた。蕾《つぼみ》の重さや膨らみ具合を目で見て、気象庁の職員の方が統計を取って、何月何日ぐらいに咲くんじゃないかって、経験と勘で出して。

ロ　「勘ピューター時をりくるふ開花かな」。サラリーマン川柳(笑)。

小　『冬桜《ふゆざくら》』もいいですね。49番。別名、小葉桜《こばざくら》。三波川《さんばがわ》冬桜とも言われています。ローゼンさんの質問にも「桜に別名が多すぎて混乱しませんか？」とありました。たとえば十月桜《じゅうがつざくら》の別名は、御会式桜《おえしきざくら》という。勉強不足で品種名が出てこなくて、よくよく調べたら十月桜だった。どうしても品種名で覚えてしまうので、ご当地で別の愛称として呼ばれている桜を見たときは、そんな桜あったかな？　と首を傾げることもあります。

ロ　桜を読むと同時に寒さも詠むのが、冬桜を詠むテクニックで

日本原産の野生種

江戸彼岸
開花期：3月
本州、四国、九州に分布。非常に長寿の種で、神代桜や淡墨桜など樹齢1000年以上といわれる名木も多い。

山桜
開花期：4月
本州、四国、九州に分布。染井吉野が広まる江戸時代末までは花見の主役で、和歌にも多く詠まれている。

大山桜
開花期：4月
北海道から九州にかけて分布。淡紅の花色から別名・紅山桜。北海道に多いことから蝦夷山桜とも呼ばれる。

霞桜
開花期：4月
北海道、本州、四国に分布。山地に生え、花は山桜に似ているが、葉や花に毛がある点で区別できる。

大島桜
開花期：4月
伊豆諸島や伊豆半島原産だが、関東を中心に各地で野生化している。多くの園芸品種の誕生に関係している。

豆桜
開花期：3月
本州の関東地方以西に分布。富士山山麓や周辺、箱根の近辺に多いことから富士桜、箱根桜とも呼ばれる。

高嶺桜
開花期：4月
本州の亜高山帯と北海道に分布。涼しい気候を好み暑さに弱いため、平地では栽培が難しい。別名・峰桜とも。

丁字桜
開花期：3月
本州（広島県以東の太平洋側）、熊本県に分布。花の形が丁字に似ていることから名づけられた低木性の桜。

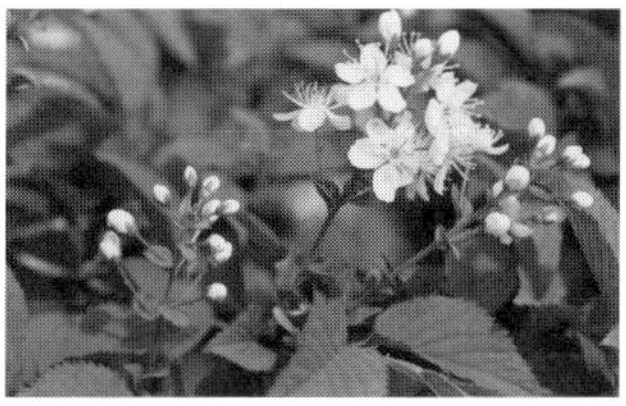

深山桜
開花期：5月
北海道から九州に分布。長い雄しべが特徴的で、日本産の種類の中では花が特異な形態を示す。別名・白桜。

野生種とは自然の野山に生育している桜で、染井吉野を筆頭とする園芸品種の大本になっている。上に挙げた9種のほか、中国・台湾原産の「寒緋桜」、中国原産の「支那実桜」、中国・ネパールなどに分布する「ヒマラヤ桜」も日本国内に自生している。

寒緋桜
原産地：台湾・中国南部
開花期：3月

支那実桜
原産地：中国
開花期：3月

ヒマラヤ桜
原産地：中国・ネパール
開花期：10〜12月

もあり、楽しみでもある。「音階をたどるごとくに冬桜　いつき」。枝の上下にぽつん、ぽつんと離れ咲く寒い白い花が見えてきます。

古《いにしえ》の花、進化する花

ロ　歳時記に名のある花や、江戸時代に描かれた桜花の図「群桜花譜」にある花で、絶えてしまった種はたくさんありますか？

小　歳時記にあるもので、南殿《なでん》、富士桜、上溝桜《うわみずざくら》（金剛桜《こんごうざくら》、波波迦《ははか》）、嶺桜《みねざくら》（高嶺桜の別名・峰桜）、目白桜《めじろざくら》（丁子桜《ちょうじざくら》の別名）などは今もあります。ないものは、茶碗桜《ちゃわんざくら》。曖昧なものは、雲珠桜《うずざくら》（渦桜は現存）。上野の清水観音堂近くにある「井戸端の桜あぶなし酒の酔　秋色女」と詠まれた秋色桜《しゅうしきざくら》は、糸桜《いとざくら》を指します。「群桜花譜」の図で現存しているものは、筑波根《つくばね》（京都平野神社の突羽根）、胡蝶桜《こちょうざくら》、桐ケ谷桜《きりがやざくら》（御車返《みくるまがえ》し）、紫桜《むらさきざくら》。絶えてしまったのは、白舞《しらまい》、金山香《きんざんこう》、享師桜《きょうしざくら》、越前《えちぜん》、手枕桜《てまくらざくら》、雪の山。名所で見られる桜は、大阪・造幣局にある大手毬《おおてまり》、樺桜《かばざくら》（蒲桜）など。浅黄桜《あさぎざくら》は不明。江戸時代から伝わっている糸括《いとくくり》、手毬《てまり》、東錦《あずまにしき》などと、『江戸《えど》』（58番）は似ています。どこかで間違えて、同じ品種なんだけど違う名前で伝わってしまったこともあったと思います。

最新技術でＤＮＡを調べてみると、先の3品種は実は同じ桜だと結果が出ています。江戸から伝わる桜の名が、種が同じだからと消されてしまうのは寂しい。ローゼンさんが好きな御衣黄や鬱金も同じ種類になってしまう。見た感じは明らかに違うのに、ＤＮＡを調べると同じ。江戸期より呼び習わしてきたものを、今更この桜とこの桜は同じと言われても、脈々と守り育ててきた人々のことを考えると、割り切れない思いもあります。

ロ　せめてその名だけでも名句に詠めば歳時記に残ります。そのためにも、知っておきたいんですが、御衣黄や鬱金はなぜ緑や黄色の花になるんですか？　葉から変化する？

小　御衣黄は着物を重ね着する色に似ていることから、鬱金はショウガ科の鬱金に花色が似ていることから名づけられました。『須磨浦普賢象《すまうらふげんぞう》』（80番）は黄緑色で、『普賢象《ふげんぞう》』（88番）は淡紅色なんですが、この普賢象から須磨浦普賢象ができたんです。花色は葉っぱからではなく、木の中に入っている組織が何かしらで変化して、こういう枝変わり、色変わりができるし、ときには淡紅色の花も咲きます。野生の桜は基本的に一重で、八重桜は雄しべが花弁化したもので、雄しべが花弁化すると繁殖能力がなくなる。退化か進化かは別として。

ロ　八重桜は雄しべだった！　思いもかけませんでした。ううむ、これは詠みたい。

風土に根ざす花

小　大正11（1922）年、国の天然記念物として初めて桜が指定されたとき、桜博士と言われた三好学《みよしまなぶ》さんたちが5本の桜を選んだ。それが元になって「三大桜」と言われ始めました。正式には「三大桜」ってないんです。ただ、三大巨木と言われることはある。北から言うと『三春滝《みはるたき》ザクラ』、山梨に行って『山高神代《やまたかじんだい》ザクラ』、岐阜の『根尾谷淡墨《ねおだにうすずみ》ザクラ』。あと2本が、埼玉県の北本市にある『石戸蒲《いしどかば》ザクラ』と、静岡県富士宮市にある『狩宿《かりやど》の下馬《げば》ザクラ』。元々、日本三大桜と言い出したのは誰なんでしょうね。写真、見ます？

ロ　うわあ。モンスターみたい。「生きて血を流してをるか滝桜」「扇持て舞ふや山高神代花」「薄墨の溶けて流るる桜かな」。全部ご自分でお撮りになったんですか？

小　仕事の合間に行きますので、雨の中で写した花もあります。大分にある『魚見桜《うおみざくら》』、別名、城内邸《じょうないてい》の桜、庄屋の桜魚。田植え桜とかご存じですか？　一般的に言われる種蒔き桜、籾《もみ》蒔き桜は、江戸彼岸なんです。桜は季節に敏感なので、彼岸桜の開花期に合わせて漁をすると魚が獲れる、種を蒔けば田植えにちょうどよい。

ロ　観天望気ですね！

小　そう。染井吉野が桜前線の基準木として使われるのは、同じクローンだからこそ。江戸彼岸は地域、地域に根づいた桜です。

ロ　大漁や豊作を祈り、祝う儀式としての宴会が、花見の原型だと思われますか？

小　それなら、もっとこぢんまりとした花見だったはず。今みたいな花見、どんちゃん騒ぎをするものは江戸時代からですね。吉宗の時代に、飛鳥山とか向島を鷹狩などに開放し、庶民の娯楽の場として桜を植えた。家康、家忠、家光も花好きだったそうです。大名や旗本がこぞって屋敷に桜を植え、参勤交代で整備された街道に桜並木を植えた。それ以前の花見は農民の花見で「春山入り」と呼ばれ、冬の神様を山に帰し田の神を招く「農耕儀礼」であり、貴族の花見は「宴」「神事」としての「宮廷儀礼」であった。それらすべてを融合して、江戸中期に現在の花見の形態になったと思われます。

花の不思議、花の謎

小　「八重と一重が一本の木に咲くのはなぜか？」は、いまだに謎です。たとえば『御車返し』という70番の桜。御水尾天皇《ごみずのお》があまりの美しさに御車を返したとか、花が一重か八重かで揉めたなどの言い伝えがあります。私がローゼンさんにお聞きしたいと思ったのは、「植る事子のごとくせよ児桜《ちござくら》」と芭蕉さんが詠んだという稚児桜《ちござくら》。桜は、種類によって植え方を変えることはないですから、これは若木のことを言ってるのかな、と。

ロ　私もそう思ったので稚児桜という種の有無を知りたいと。

小　『鬼無《きなし》稚児桜』はありますが、稚児桜は、現存しているものはないです。芭蕉の句は、私たちが今、「接ぎ木をした若木の桜は子どものように育てなさい」と言っているのと同じです。桜って手間がかかるんです。小さい苗木が咲くまで3年から4年。花をいっぱい見せるまでに10年。大事に植えて育てなさい、と。ちなみに、うちのおふくろさんがお琴をやってまして、箏曲「稚児桜」は、源義経の幼名、牛若丸のことを歌ってました。

ロ　アホな質問ですが、『兼六園菊桜《けんろくえんきくざくら》』、95番。花弁数が３００～４００枚とありますが、適当ですか？　数えてますか？

小　数えてます（笑）。花弁が20～70枚で八重咲。１００枚以上は菊咲。菊咲は内側から咲いていくので、咲き終わる頃には１つの玉っころになる。『鵯桜《ひよどりざくら》』１００番は、６００枚もあるそうですよ。ちゃんと数えてます（笑）。

ロ　故郷の愛媛に寺山《てらやま》という墓地の桜があります。東京の染井霊園の桜も見事です。墓地の花は美しい、という幻想に科学的根拠はありますか？　死体から養分を吸って色が出る？

小　私の意見でいいですか？（笑）　梶井基次郎さんの小説の１行目、〝桜の樹の下には屍体が埋まっている！〟とか、西行の歌とか、日本人の死生観と桜の関わりはその辺から来ているんじゃないですか。檀家の方が代々大切に守ってきた桜もあり、毎年大挙してお花見して地面を踏み固めなかったことで延命の成った桜も、お墓にはあると思いますね。

ロ　根元を踏みにじることで、桜の木は弱る？

小　弱りますね。お住まいの山梨にある山高神代桜がそれで、日本花の会で樹勢回復をお手伝いしました。昔の写真と比べて見て、ある時期に盛土をした頃から樹勢が下り坂になった、ということがわかりました。土を2mぐらい盛ったために根元が踏み固まって、樹勢が徐々に、こうやって首が絞まってきて。

ロ　怖い……。

小　桜は地上部から大体30～40cmのところに根が集中する。吸収

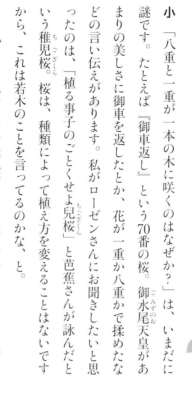

根といって、養分などを吸う。そこに土を盛られると空気も吸えなくなり、圧迫され、樹勢が弱まってゆく。桜も生きようとするから、上の方からまた根を出すんですが、その上にも囲いを作ってしまって、水が染みてこないということで弱ってきた。それがわかったので、とにかく盛土を外し、土も入れ替え、改良剤を入れ、ようやく今落ち着いてきているところです。うちの和田という樹木医がやりました。

ロ　樹のお医者さんがいるんですね。安心しました。

花とともに生きる・感じる

ロ　最後にまたアホな質問ですが、桜が散らずに咲き続けたらどうだったでしょう?

小　百日紅《さるすべり》のようにずっと咲いていても、それなりに花見はしたと思うんです。だけど、日本人は勤勉ですから、咲いている時期ずっと花見をどんちゃんやってるわけにいきませんから(笑)。

ロ　ぱっと咲いて、ぱっと散る。ぱっと花見て、ぱっと仕事に戻る。江戸っ子みたいですね。宵越の金は持たねえ、ぱっと使っちゃう。日本人の気性に桜が合っていた。

小　それに、われわれの子どもの頃から人生の大切な節目、節目に桜が咲いていた、散っていたという思い出があります。卒業や入学の日の染井吉野の姿が目に焼きついています。

ロ　芭蕉は、「さま〲の事おもひ出す桜かな」と詠みました。昔も今も変わらず、春の出会いや別れの場面に必ず桜が咲いていた、ということでしょうか。

小　観桜の文化が日本でこれほど栄えてきた要因に、うまい時期に咲く花だった、というのが正直あると思います。どうして梅じゃないんだ? と聞かれると困りますが。

ロ　さまざまな思い出を包括して咲く、散る、そのダイナミズムが、梅には足りないのかな。日本における桜の人気は、これからも続くと思われますか?

小　冬の寒さから解放され、樹いっぱいに花を咲かせる桜を見るだけで心躍り、感動する。そんな自然と一体となる気持ちが人にある限り、続くと思います。

ロ　今日は、本当にありがとうございました。おかげさまで、花の個性が満載の記事となりました。「こんな歳時記が欲しかった」という姉の、夏井いつき組長の声が聞こえてきそうです(笑)。

小　お役に立ててよかった。では、屋上庭園にご案内しましょうか?

ロ　はい!

花（桜）関連の季語解説

桜を愛し、開花を待ちわび、花盛りを愛で、散り急ぐ風情を惜しんできた日本人。花（桜）に関連する季語もたくさんあります。その中の主な季語を集めました。

初花《はつはな》（植物・仲春）……春になって初めて咲いた桜の花。

初桜《はつざくら》（植物・仲春）……初花に同じ。初めて咲いた桜の花。

遅桜《おそざくら》（植物・晩春）……花時に遅れて咲く桜。八重桜に限ったことではない。

落花《らっか》（植物・晩春）……桜の花が散ること。

花《はな》**散**《ち》**る**（植物・晩春）……桜の散る様。桜は散るのが早い。

花《はな》**吹雪**《ふぶき》（植物・晩春）……散る桜を吹雪に見立てていう。

桜吹雪《さくらふぶき》（植物・晩春）……花吹雪に同じ。吹雪のように降る桜。

残花《ざんか》（植物・晩春）……散り残っている桜。

桜蘂《さくらしべ》**降**《ふ》**る**（植物・晩春）……花びらの散った後、萼《がく》についている蘂や茎が散ること。

桜《さくら》**の芽**《め》（植物・三春）……木《こ》の芽の一種。

花筏《はないかだ》（植物・晩春）……水面に散った花びらが連なり流れゆくさま。

余花《よか》（植物・初夏）……初夏に入ってなお咲き残る桜。

葉桜《はざくら》（植物・初夏）……桜の若葉のこと。

桜《さくら》**の実**《み》（植物・仲夏）……桜の花が散ったあと結ぶ実。

氷室《ひむろ》**の桜**《さくら》（植物・晩夏）……夏でも雪の残るような山中に咲く桜。

桜紅葉《さくらもみじ》（植物・仲秋）……桜はほかの木に先がけて紅葉をはじめる。

帰り花《ばな》（植物・初冬）……小春日《こはるび》に誘われて、春に咲く草花が季節外れの花をつけること。主に桜の花を指す。

冬木《ふゆき》**の桜**（植物・三冬）……桜紅葉が散り尽くしたあとの、冬枯れの桜の木のこと。

桜枯《さくらか》**る**（植物・三冬）……桜が冬に葉を落として枯れ木になること。

冬桜《ふゆざくら》（植物・三冬）……十一月から一月頃にかけて咲く桜。

冬芽《ふゆめ》（植物・三冬）……桜などの木に生え、越冬する芽のこと。

花《はな》の春《はる》（時候・新年）……新春のこと。

花冷《はなび》え（時候・晩春）……桜の咲く頃に急に寒さが戻ること。

花時《はなどき》（時候・晩春）……桜の咲く頃の意味。

桜時《さくらどき》（時候・晩春）……花時に同じ。桜の咲く頃。

花《はな》の頃《ころ》（時候・晩春）……桜の咲く頃。花の頃の陽気をさすことも。

桜隠《さくらかく》し（天文・三春）……春の雪のこと。

花曇《はなぐもり》（天文・三春）……桜の頃の曇天《どんてん》。どこか物憂《ものう》い。養花天《ようかてん》ともいう。

桜東風《さくらごち》（天文・三春）……桜の頃に吹く東の風。

桜《さくら》まじ（天文・晩春）……桜の咲く頃に吹くあたたかい風。

花《はな》の雨《あめ》（天文・晩春）……桜の頃の冷たい雨。あるいは桜の花に降る雨。

花見《はなみ》（人事・晩春）……桜の花を愛でること。人々は花の盛りを様々に楽しむ。

桜狩《さくらがり》（人事・晩春）……桜の花を求めてたずね歩くこと。

花筵《はなむしろ》（人事・晩春）……花が散り敷いたのを筵に見立てたもの。または、花見に用いる敷物。

花篝《はなかがり》（人事・晩春）……夜桜を照らすための篝火《かがりび》。

花守《はなもり》（人事・晩春）……桜の花の番人。

花軍《はないくさ》（人事・晩春）……桜の花の枝で打ち合って争い遊ぶこと。

花疲《はなづかれ》（人事・晩春）……花見のために出る疲れ。

桜人《さくらびと》（人事・晩春）……花見の人。桜を愛でる人。

花盗人《はなぬすびと》（人事・晩春）……花の美しさに惹かれ枝を折って盗む人。

花《はな》の鈴《すず》（人事・晩春）……花の梢《こずえ》に引き渡して小鳥を追うように仕掛けたもの。

花《はな》の宿《やど》（人事・晩春）……花の咲いている家や花のある宿所。

花車《はなぐるま》（人事・晩春）……花で飾り付けをした車。

花《はな》の宴《えん》（人事・晩春）……花を愛でながら催す酒宴のこと。

桜漬《さくらづけ》（人事・晩春）……八重桜の蕾《つぼみ》や七分咲きの桜を塩漬けにしたもの。

桜餅《さくらもち》（人事・晩春）……春の和菓子。塩漬けの桜の葉で包む。

花衣《はなごろも》（人事・晩春）……花見に出かける時に着ていく服。特に女性の着物をいう。

秀句発表

投句総数一五〇七句から夏井いつきが選んだ特選句、入選句を紹介します。

特選句

あのねあのねつぎつぎはなしだすさくら　24516

優駿を生みし大地や里桜　秋本哲

硫黄抗澱み吹抜け飛花光る　明陽

父の桜わたしの桜ずっと晴れ　あるきしちはる

金の眼の猫のあくびや家桜　斎乃雪

「桜見えます、こちらユーリィ・ガガーリン」　一斤染乃

花明かり包まれる心音ふたつ　伊東美樹

花ひとひら用務員さんの弁当　今北紀美恵

鈍色の線路一閃花の門　入間俊就

目瞑ればひかりは赤し花の昼　上田樫の木

ひとひらの花うけとめられず一人　うしうし

戒名に花と入れてと花の庭　江口小春

全身の色絞り出す桜かな　大槻税悦

大津絵の鬼が鉦打つ花の冷え　岡本海月

花ふるふるエコー写真に吾子の影　小川めぐる

唱ふごと百万遍の桜かな　小野睦

ひらきゆく三面鏡の花の庭　彼方ひらく

特急を逃して染井吉野かな　かまど

残る花見て引き返す家出かな　可笑式

校庭のさくら登校中のぼく　がんばれけいご（7才）

ゆうざくらぴかっとひかるかもしれない　がんばれたくみ（4才）

海に散るさくらは貝になりました　喜多輝女

「トスカ」聴く昼のラジオや花を惜しむ　木下ラーラ

飴色に褪める軌条へ花片降る　金紗蘭

花咲いていちめんやまとことばかな　久我恒子

満開の花晴天に飛び込まん　熊蘭子

ポン菓子のサクサクサクと咲くさくら　くるみだんご

飛花落花すきとほりゆく母の笑み　香田なを

花影や機関車はもう動かない　河野しんじゅ

花の影料紙に散らす大和文字　彩楓

ボタンホールに差すのは深山桜　犀木銀

花の香の刹那へ猫の忌が暮れて　酒井おかわり

喪の家の塀のうちなる桜かな　ささのはのささ

桜咲け最初は誰でも一年生　座敷わらしなつき（6才）

花びらを透かして花の姿かな　更紗ゆふ

ガレージに褪せしカローラ門桜　さるぼぼ

有為の山越えて花見にゆかれしか　清水裕子

七曲り五つ曲がれば桜かな　洒落神戸

きゆるきゆると硝子戸の鍵花の雲　純音

理科室の油の匂ひ花の庭　城内幸江

さくらさくらわたくしといふ未然形　次郎の飼い主

礼すれば前髪垂るる花の風　鈴木牛後

ガンマンの口笛軽き夕ざくら　鈴木麗門

鮫人の水面へ出づる花月夜　瀧音

プルトップぷしゆりとひとり花の下　武井かま猫

はじめからしづかな村の花の雨　竹澤聡

乗り換への桜の駅に書く葉書　立川六珈

花の輪の影サドルにて揺らめけり　蓼科川奈
花の庭ごひきのりゅうがすやすやと　ちま（3才）
手のひらの花びら食んでみて孤独　ちゃうりん
花筏母の腑の影濃くなりぬ　土屋幸代
花屑の途切れて学区外の路地　遠音
桜さくらさういへば銀婚式　ときこ
教室に目白桜を落とす鳥　豊田すばる
再びの雨に楊貴妃桜かな　中嶋浄土
悲しみは折りたたみをり八重桜　中山月波
せせらぎに耳をあづけて初桜　夏柿
花の輪に眠る仔馬の埴輪かな　西川由野
しゃべらない学ランの肩花の雨　西原みどり
桜蘂降る帝国は没落す　西村小市
さくらさくら猫の乳首は八つ小さく　猫愛すクリーム
ボサノバの流れる午後や花の雨　猫の耳
花の下しゅぽしゅぽまはる縄電車　根本葉音
花時の渡り廊下ですれ違ひ　函
花の雲へ歳はさておき逆上がり　蜂里ななつ
犬よ目を貸して桜は全て赤　薄荷光

飛花悲し母者は龍でなかったか　花屋
花びらに記す千年後も在れと　はまゆう
ガード下先の明かりを花吹雪　春野いちご
父とまた此処に来てまた此処の花　ひでやん
花に見送られし上京のひとり　人見直樹
ふごふごと眠る赤子や花の下　姫山りんご
桜さくら水晶体をあふるるよ　柝の音
口笛や軍艦島の市を花　福良ちどり
花咲う二、三輪だと云うラジオ　藤田夕加
再会や築百年の花明り　古山礼子
おのづからさくら明るし言の葉も　穂積天玲
花惜しむ言葉まだある女の眼　真繍
明日ねと言へぬ朝や初桜　まどん
ポルトガルギター被災地の桜　豆蘭
出立待つ鞍を花片のつぎつぎ　まゆ熊
花トンネル行けば全身麻酔めく　溝口トポル
花衣頭まはして結ぶ帯　村越縁
ぞうのめに桜の園はどうみえる　むらさき（5才）
若尊の滾り花噴く桜島　めいおう星
年上の男を棄つる花の宵　毛受幸子

花の色いろ雨ぽつんとひとつぶ　モッツァレラ2号（8才）
花の色ははそはの母さざれ石　モッツァレラえのくし
花の香や手術の跡のやわらかく　ももたもも
花匂ふこの腹の子は女の子　桃猫雪子
夜の影に寄り添うように花明り　吉田美知子
アルパカが口づけ交はす花の午後　露砂
看取る夜の岸離れゆく花筏　勿忘草
花筵現の人も亡き人も　笑松

入選句

蕭白の龍を見し目に桜かな　あいむ李景
ひとひらの桜が浮かぶ消火おけ　青木茂
花明りぬる燗の我妻ロック　青沼英男
坂道と知りたる日より花盛　青山酔鳴
記念樹の桜還暦迎へけり　赤川京子
花の香や筆なめらかに朱の文字　浅野紫桜

花惜しみ骨壺胸に小さき手　天晴鈍ぞ孤
母の死ぬ日のやうな桜蘂降る　天野姫城
我ひとり再びの花見てをりぬ　雨宮美穂
西郷どんはそめゐよしのがきらひかも　明惟久里
花開きしの字に落ちる昼下がり　有田みかん
ふるさとへ三里の道は花吹雪　池川久美子
花散るや海までつづく城の道　池田徳子
白無垢の映ゆる水面の花筏　井上敦仁
スイングのあらん限りや花の風　井上祐三
花のみち汲めどもつきぬ八十路坂　鵜木すみ子
花筵十五センチのくつの跡　恵林
花一枝躊躇わず折る異人が手　大熊佐弥
明日はただ散るのみの身ぞ老桜　太田敬子
雨上がり草葉のさくら散る桜　大谷芳生
立ち所に飛花三千鞍馬寺　太田正己
再会や海津大崎花の門　お気楽主婦
湖面の朝日受ける花二輪かな　おぐら徳
ときめきの誤作動のごと飛花落花　小野寺雅美
流れ来る次から次に花筏　鰹めし
じりじりとコンクリート割る花の根　佳月
繋ぐ手や小さき歩幅の花の庭　かつたろー。

咲き誇る花には花の心あり　勝又寛樹
花片を掬ふ手と手の光りあふ　桂奈
星を雲をかきわけ進む花筏　鴨川貞子
花の下セーラー服の私ゐる　川島ちえり
時代逝き生まれて間なき遅桜　元旦
胃袋に染む餡パンや花の昼　菊池洋勝
霊峰の水たまはりて初桜　帰帆の仔
花と落つ涙しぐるる野辺送り　木村いづみ
花明り三千の島神の鞠　霧子
漫漫の花青き空連れて来ぬ　くま鶉
式神の棲むという橋花筏　クラウド坂上
吹雪とも月の川とも散る桜　くらげを
みどり児のまぶしむ空や花盛り　倉下碧女
聞香の確かな余韻花朧　栗田謙
病床の窓に花の貼りつきぬ　クロまま
お義母さんあれは桜の木ですから　桑原渉
花三つの標本木はこなたなり　恋衣
花の下土の団子を並べる子　小出真澄
さくらさくらあのこがほしい花一匁　古賀由美子
天離る大和島見ゆ樺桜　小玉喜代美
子を置きて咲き満つる花を帰りけり　ことまと

ゆきなりにシッポ揺らして花散歩　小林めぐみ
きりひらき切り劈きして花ひらく　斎藤秀雄
お濠から上野を過ぎる花吹雪　坂本恭子
時ぐすり効かぬ今宵は花の下　笹風
襟足に一片の花見つけをり　さとう菓子
浄土寺の鎖場こえて山桜　里山三歩
ふる里は金の鯱鉾乱れ花　澤光
奥つ城の文字白き見ゆ土手の花　讃談たる子
花の陰廃屋の屋根は傾きて　しー子
終活を済ませ隅田の夕桜　塩瀬華女
学び舎は小さく見えども永遠の桜　知津
蒼天に醍醐の桜けふも咲き　清水克俊
夢ひらく宝ジェンヌや花の道　清水容子
花の門学者志望の帝大生　珠桜女あすか
水面閃閃花吹雪降り止まず　順
門・工場・森抜け其処に花万朶　鈴木丈一
源泉の匂ふ湯の里花明り　高橋国公
妖精のとびうつりたる花筏　高橋直子
小林麻央さんの笑顔のような花に会う　高橋三恵
吹き上げて長谷の舞台や花吹雪　高橋美智子
翳りゆく伽藍に匂ふ夕桜　瀧本雄二

花も好きだんごも好きな野の佛　竹村秀一
うす墨の匂ひやかなり宵の花　田崎木実
追い風にペタルも軽く花の塵　田中洋子
花の間のいづこ見上ぐも空の青　東子
消灯のあとの窓辺や花あかり　堤田啓子
瞬きの間に桜咲く桜散る　つばさ
二人乗りの自転車の過ぐ花の門　テツコ
花の香の城内野球拳開始　どかてい
花影やつぎの世あらばまたふたり　富山の露玉
メルヘンのじいじの籠は花盛り　外山侑子
花いかだ過去の世界のおさんぽよ　豊島佐菜（6才）
出奔のあこがれ今も花七分　直木葉子
散る花を追ふ子保母さん追ひかけて　永井貞子
花の香や水占ひの吉と言ひ　中西柚子
アパートの影絵気になる花の道　中山睦男
鬼岩めく古木神代桜かな　にゃん
師の持ちし古墨のかけら花の露　野村安希子
雨の朝地面がまとう花の香よ　野村颯万
花筏四散春色のダイバー　灰田兵庫
正体は鬼とばれそう花の夜　長谷部容子
したれ桜あめつちはいままじわれり　花南天ａｎｎｅ
ラジオから「花」が流れる花月夜　早田清美
繰り返し立つ吾子ふるる桜かな　葉るみ
相方は残る花なり旅の宿　柊月子
花散るや犬の亡骸埋葬す　柊の花
憂鬱の辿り着きけり花筏　ヒカリゴケ
道へだてふれあふ花の生殖器　比々き
花の波段々畑の無人島　弘中典子
少年のまつ毛長しや花の風　深草あやめ
子は先に花の向かうに旅立てり　藤田康子
エレベーター桜ひとひら乗り合わせ　藤村景子
場所取りのうたた寝の背にさくらさくら　布施和子
智恵子抄共に唄いて花を待つ　ふぢこ
花いろの花いろとしか呼べぬ訳　冬のおこじょ
アルバムの家族揃いし花の候　細田直人
花満ちよ見知らぬ道の先までも　前畠一博
サンパウロの桜祖父の半世紀　マオ
まだ咲かぬ桜の枝の桜色　松永裕歩
花揺らし空砲響く演習場　松本伴子
吾子立てる初めての朝花の庭　豆田こまめ
花埃野球部員の声乗せて　丸山ま美
花の濠見送れ風よ平成よ　水間澱凡
空に舞ふ花片細き肩先に　ミセウ愛
花満ちて桜の国に我ありと　三田隆一
妣を呼ぶ父の寝言や花の雨　都乃あざみ
花吹雪我も一片なりにけり　美山
小さき鈴震はすやうに花は咲く　村上無有
無心では保たぬ千年滝桜　森青萄
花の香や淡き不妊という文字よ　森なゆた
花観るは視らるるここち吉野山　森本樹朋
花を惜しむ世に戦没者のあまた　森要子
誘われて文のやりとり花比べ　八木活江
漆黒の空に蠢く花の雲　やすお
タッパーに花赴任先は南国　八幡風花
桜さへ散りては人の踏みつける　山口佳太
青空にちぎる桜は無尽蔵　山崎点眼
蛇池には十の伝えや姥桜　山田由美子
この花に会ひたくて来るこの場所に　山本啓
朝露にひかり桜は乙女めく　ゆめ
ネイティブに通う片言ＳＡＫＵＲＡさくら　欲句歩
とほき陰いまあことこと花のなか　吉田実
いま一度跨ぐ敷居に祖考花　礼山

凡例

紹介した俳句の中には、複数の表記が存在するものがありますが、本書は『カラー版 新日本大歳時記』（講談社・1999～2000年）、『角川俳句大歳時記』（角川学芸出版・2006年）を底本としております。また、底本に記載のない俳句については、元句を尊重したうえ、読みやすさの点から基本的には踊り字は使わず、新字体を使用しております。なお、読み方の不明のものについては、ふりがなを記載しておりません。

参考文献

『覚えておきたい極めつけの名句1000』（角川学芸出版・2008年）
『講談社版 愛用版 日本大歳時記』（講談社・1989年）
『田中裕明全句集』（ふらんす堂・2007年）
『シリーズ自句自解I ベスト100 岸本尚毅』（ふらんす堂・2011年）
『句集 伊月集 梟／夏井いつき』（マルコボ．コム・2006年）
『虚子編 新歳時記 増訂版』（三省堂・1951年）
『池田澄子百句』（創風社出版・2014年）
『夏目漱石句集』（永田書房・1988年）
『季語別 子規俳句集』（松山市立子規記念博物館友の会・1984年）
『四季部類 俳諧歳時記新栞草 春』山口素楊編（風月堂・1882年）

投句募集要項

夏井いつきが選ぶ！
「時鳥」「月」の俳句大募集！

●本書綴じ込みの投句用はがきを使用して郵送で応募してください。1枚のはがきで1作品の応募となります。未発表・既発表は問いません。楷書でご投句ください。なお、投句用はがきの仕様を守れば（必要事項をもれなく記入）、郵便・私製はがき1枚で1作品の応募をすることも可能です。また、刊行予定のすべての歳時記シリーズ『夏井いつきの「時鳥」の歳時記』（2018年6月刊行予定）、『夏井いつきの「月」の歳時記』（2018年9月刊行予定）共通で使用できます。それぞれ傍題での応募も可能です。

●締め切り・入賞発表：
◎兼題「時鳥」 2018年4月20日（金）必着
⇒『夏井いつきの「時鳥」の歳時記』で発表
◎兼題「月」 2018年7月20日（金）必着
⇒『夏井いつきの「月」の歳時記』で発表
※入賞結果の通知は書籍の刊行をもってかえさせていただきます。
※句、俳号（または氏名）が掲載されます。

●選者：夏井いつき
●応募作品へのお問い合わせ、訂正はご遠慮ください。
作品は返却いたしませんので必ずコピーをお取りください。
●免責事項：諸事情で歳時記シリーズが刊行されない場合は、発行元の公式ホームページでの掲載となります。
http://www.sekaibunka.com/

夏井いつき（なつい・いつき）

1957年生まれ。松山市在住。8年間の中学校国語教諭経験をへて俳人に転身。俳句集団「いつき組」組長。『プレバト!!』（MBS/TBS系）、『NHK俳句』などテレビ、ラジオのほか、雑誌、新聞、webの各メディアで活躍中。「100年俳句計画」の志のもと、俳句の豊かさ、楽しさを伝えるべく、俳句の授業〈句会ライブ〉、全国高等学校俳句選手権大会「俳句甲子園」の創設に関わり、俳句の指導にも力を注ぐ。朝日新聞愛媛俳壇選者、愛媛新聞日曜版小中学生俳句欄選者。2015年より俳都松山大使。『夏井いつきの超カンタン！俳句塾』、『夏井いつきの「雪」の歳時記』（小社刊）、句集『伊月集 龍』（朝日出版社刊）、『子規365日』（朝日新聞出版刊）ほか著書多数。

ブログ　夏井いつきの100年俳句日記

http://100nenhaiku.marukobo.com

装丁　岡本デザイン室（岡本洋平＋坂本弓華）
撮影（著者）　伏見早織（世界文化社）
ヘアメイク　中田有美（オン・ザ・ストマック）
着付け　宮澤 愛（東京衣裳株式会社）
衣裳協力　株式会社東郷織物
執筆協力　ローゼン千津・八塚秀美・家藤正人・美杉しげり
編集協力　五十嵐有希・浅羽 晃・所 誠（NOVO）
編集　三宅礼子
校正　株式会社円水社

夏井いつきの「花」の歳時記

発行日　2018年3月15日　初版第1刷発行

著者　夏井いつき
発行者　井澤豊一郎
発行　株式会社世界文化社
〒102-8187
東京都千代田区九段北4-2-29
電話03-3262-5118（編集部）
電話03-3262-5115（販売部）
印刷・製本　凸版印刷株式会社

ISBN978-4-418-18207-7